悪役のご令息の 3
AKuyaKu no Goreisoku no DouniKashitai Nichijyo
どうにかしたい日常

Presented by
馬のこえが聞こえる
illustration コウキ。
3
悪役のご令息の
Akuyaku no Goreisoku no Dounikashitai Nichijyo
どうにかしたい日常

CONTENTS

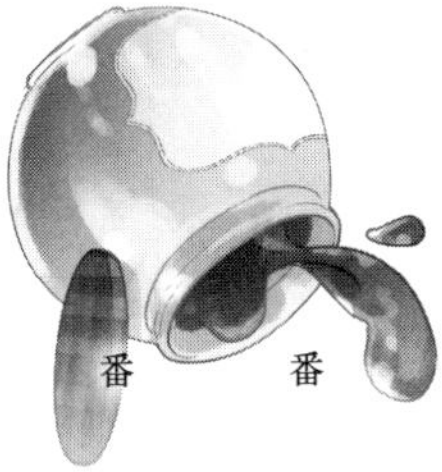

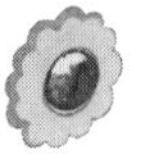

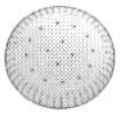

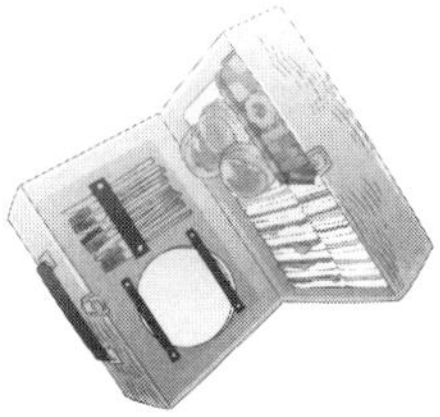

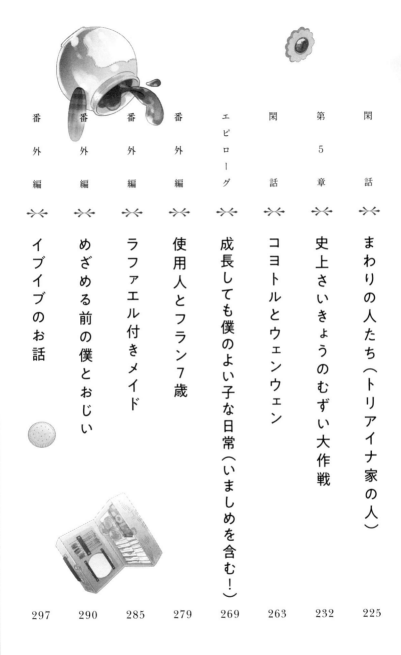

Character profile

フラン

トリアイナ公爵家三男。
好物はアップルパイ。
前世は高校生。

ステファンお兄様

公爵家長男。騎士団に
所属していて留守がち。魔法が得意。

セブランお兄様

公爵家次男。フランに対して
過保護気味。風魔法が使える。

お父様

フランたちの父。公爵家当主。
騎士団所属で仕事と家族が大好き。

おじい様

フランたちの祖父。元海軍総統。
秋に帝都にやってくる。

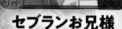

トレーズくん

お忍びで街に行くフランの面倒を
見てくれるスラムの少年。

アーサー

フランをボコボコにする予定の
未来の勇者。魔法がチート級。

アルネカせんせぇ

フランの魔法の家庭教師。
魔法庁のエリート。人付き合いが苦手。

ハルトマンせんせぃ

フランの外国語とマナーの家庭教師。
異国から来た。ロマンチスト。

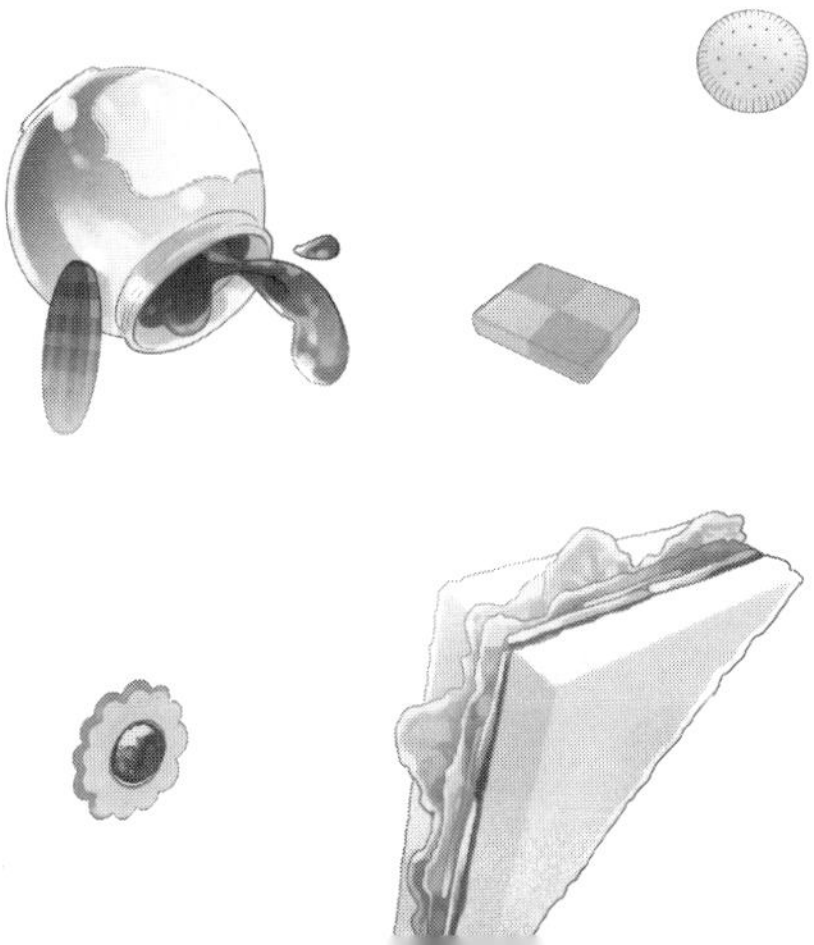

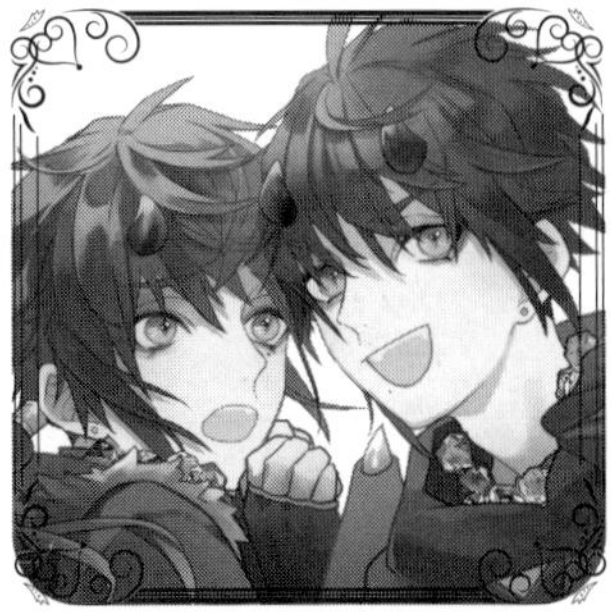

コヨトル&ウェンウェン

竜人《ドラゴニュート》の双子。おとなしいコヨトルが兄で、
元気なウェンウェンが弟。

プロローグ

あたらしいけど変わらない僕のお話

お城で皇帝のおイスを爆散させてから二週間くらいがたちました。公爵家三男、6歳の僕です。

先週くらいまでは、どっかのタイミングで僕がお城に行ったことがバレちゃうのでは……ってケーカイしてたけど、お父様やお兄様見ててもふつうなのでイケるイケるって自分をはげましして生活してます。

爆散犯の僕ですがさらにもうひとつ、僕にはヒミツがあります。

ヒミツばっかりかかえててアレなんだけど、じつは僕、去年の春に前世を思い出したんだ。

前世でまあまあアタマワルめの不良高校に通ってた僕は、生まれ変わったら『アスカロン帝国戦記』っていうゲームの世界で貴族になってたの。帝国でもすごいほうの貴族で、お父様はラスボスのつぎくらいにつよいし、ふたりいるお兄様も魔法とか剣とかでびゅんびゅんに攻撃するめちゃくちゃかっこいい騎士。ゲームの主人公である勇者も、ちゃんとレベル上げないと勝てないくらいつよいんだぞ！

僕はそのなかでいちばん最初に立ちはだかる、あの、まあつよ……つよくはない。なんだね！　兄弟でもそんなこともあるよ！

（……勇者、あきらめてくれたりしないかな）

十年後くらいにゲームが始まるとき、僕のおうちはワルい貴族になってる。帝国が世界をほろぼそうとするもんだから、帝国の貴族のお父様たちも世界にご迷惑をおかけしてるんだ。おもに武力で。

そりゃあ勇者に止められるよね。

そんな悪役貴族のトリアイナ家の三男が僕です。

城下街でえらそうにしたり、ワガママゆって困らせたり、ちょっと遠出してそこでもやりたい放題するんだけど、そのたび勇者にあっさりめにボコボコにされる役だよ。中ボスなんだけどね！

ボコボコにされるってわかったから、僕、よい子になるって決めたの。

だから先々週、お城にしのびこんで皇帝のおイス爆発させちゃったことはだいぶワルい子ポイントになってる気がして、はらはらしてるんだ……。なんかそういうあの、ワルイコトしたバツは未来の僕がまとめて受けとめることになるかもだけど。

（けど、15歳になるまでになんとか、なんとかよい子になれれば……っ）

神様とか運命とか、あと勇者とかも見逃がしてくれるんじゃないかなって思うのです。じゃないともうまっすぐ立てない。

なのでいっかい、こわいことは考えないようにしたよ。こわいから。

そうしたら朝のおめざめもぱっちりになったよ。

メイドが来るまえにベッドから起きて、ぐぐーって伸びをする。

「うぅぅぬっ。げんき！」

僕はちゃんとひとりで起きて、よい子になるためにもお時間ぴったりに食堂に行くのだった。

「んっふーふ、ふん、ふは、ふ〜」

鼻歌うたいながら階段をおりちゃう。おりる、と見せかせておりない。右足を出したりもどしたり。

んふふっ。たのしい！

今日はステファンお兄様がおうちにいるって聞いたから、ごきげんなのです！

「ずんばっ、ずんばっ……とうちゃ〜く！」

「うむ」

ぴょいこ！　ってさいごの階段をおりきったら、横にステファンお兄様がいた。腕を組んで首をちょっとだけかしげて僕を見てる。い、いつから見ていたのでしょうか。

「っおはようございます！　ステファンお兄様!!　朝ごはんごいっしょですね！」

恥ずかしかったけど、大きい声でごあいさつしてごまかしとこうね。

「おはようフラン。機嫌が良いな。何かあったのか」

おぐぅ。ごまかせなかった。

お顔があつくなっちゃう。

「ステファンお兄様がおうちにいて、あの、朝ごはんごいっしょできるからうれしいなぁって思って」

僕、お兄様に大好きってゆうのはいつもだから平気なんだけど、ひとりでうきうきしてるとこを見られるのはなんか恥ずかしい気持ちになっちゃう。あさいちでってゆうのもある。起きたてで小おどりしてるってちいちゃい子みたいだもん。

んはふ。ほっぺが赤くなってるのがわかるけど、ほんとのことをゆったよ。よい子はうそつかないもん。

……あんまり。

でもお目め見てはゆえなくて、ステファンお兄様のお靴のさきっぽを見てたんだけど、反応ない。

「んう？」

お顔をあげたら、ステファンお兄様は天井を見てた。なんす？　僕もぐいんて見上げてみたけど、変わったことなし。ようく見たらコウモリがいるとかかな。もしくは柄がちがうとこがあるとか。

しんけんに天井を見てたら、ひょいって抱っこされた。

「ぷぽんっ」

「フラン」

「ぁい！」

「私もフランとともに朝食がとれて嬉しいぞ」

「！　んふふっ、僕もです！」

ステファンお兄様はムキムキだから抱っこにも安定感があります。ぎゅってしたらステファンお兄様はほっぺにキスしてくれて、そのまま歩きだした。

食堂までのちょっとの距離だけど運ばれるのってうれしい。たのしい！　お兄様の肩にお顔をくっつけてお目めを閉じた。ずんずんってして、僕が歩くのよりもずっと速そうだよ。ステファンお兄様は背が高いから足も長いもんね。かっこいい！

ぺとんと肩にくっついてたらなんだかうとうとしちゃう……。

おいしいごはんの香りがしてきてお目めをあけると、もう食堂の扉をくぐるところ。

僕がむくりとしたのに気づいたお兄様がかがんでくれて、僕もず、ずりずず……と床に着地した。

「ありがとうございます、ステファンお兄様」

「うむ」

お顔を見合わせてにこってする。お兄様がお席に行っちゃうから、僕もぺぺぺっていそいで自分のおイスに行く。おんなじタイミングで着席！　お向かい合わせにすわるから、またお顔を合わせられるよ。んへへへへ。

お行儀よく待ってるとメイドがお皿を運んできてくれた。

「アップルパイ！」

朝ごはんに運ばれてきたのは、こんがりきつね色のシンプルなアップルパイ！　茶色い粉もかかってないし、切れ目から見てもリンゴだけのやつだ！

「んふーっ。いただきます！」

僕はさっそくナイフとフォークでひとくちぶんに切ってパクン。

「んんん～！　おいしい！」

リンゴの甘くてちょっとすっぱくて、さわやかな香り！　おいしさが体にしみわたるよぅ。

お目めをつむって味わうと、僕もリンゴになった気持ち……。

「んふぅー……」

「フランはアップルパイが好きなのだな」

「はい！　だいすきですっ。おいしくて甘くて、じゅわぁってして、おいしいです！」

「うむ。フランがおいしそうに食べていると、私も食べてみたくなってしまう」

ステファンお兄様は朝からお肉食べてる。おなかげんき！

そんなお兄様がアップルパイを食べたいって！

「シ、シ、シェフ！　ステファンお兄様にアップルパイをーっ」

「かしこまりました」

「あっ、あんまり甘くないところにしてね。ステファンお兄様甘いのいっぱい食べられないからっ。あとあの茶色いのかけたらいいかも、オトナの味になるし！　リンゴ多いとこで、あと、あとっ」

「フラン、落ち着きなさい」

「んはぷ」

僕の好きなの食べてもらうと思ったらなんかワーッてなっちゃった。

僕のよりちいさく切ったアップルパイを運んできてくれるメイド。

ステファンお兄様がナイフをスっていれてフォークを持ち上げるのをまじまじ見て、お兄様がお口をすこしあけるのに合わせて、僕のお口もあーんてしちゃう。

「……………。うん、リンゴの風味が良いな」

「はいっ！！！」

「ふふ。フランはリンゴで育ったようなものだものな」

「んへへへへ」

僕、魔物とかのお肉ニガテ。赤ちゃんのときはぜんぜん食べなくて大変だったってお父様がゆってた。シェフががんばってくれたから僕、大きくなったんだぁ。

ステファンお兄様がゆっくり食べるのを見て、僕もシェフが作ってくれるおいしいアップルパイをもぐもぐ食べた。おいし！

「……そういえば、そろそろフランの誕生日だな」

「はいっ。もうすぐです」

おかわりのアップルパイを食べながらうなずく。

冬のおわりのはじまりは僕のお誕生日なんだよ。

（ひとつオトナになっちゃうなぁ）

僕、15歳のときには悪役になってるから、それまでによい子になるって決めてがんばってて、いまのトコまあまあジュンチョーな気がしてます。

（んふふっ。悪役じゃなくなった僕はきっとかっこいいオトナになっちゃうぞ）

背もぎゅんぎゅんに伸びて、セブランお兄様とかステファンお兄様くらいに大きくなる予定だよ。

ゲーム画面ではそんなに大きく見えなかったけど、よい子なら背も伸びると思うもん！　魔法とか剣とかもじょうずにできて、シュッとしてかっこいいオトナに……ンフーッ。

「んふふ、ヘフフフ」

「フランももう7歳か。……パーティーを開いても良い頃合いかもしれんな」

「ひゅふふ、ふぬん？　パーティーですか？」

そんなのするっけ。

アスカロンはお誕生日ってあんまり関係なくて、年末の聖女祭あたりにみんなでいっせーので「おめでとう」ってするんだよ。それもなんとなくやるやつだから、特別な感じはない。

だからお誕生日にパーティーするのは、僕、見たことないや。

ふしぎでステファンお兄様を見たらわりと真剣なお顔してた。

「将来のための人脈作りの初歩となるパーティーだ。たいていフランくらいの年齢になると、7歳から8歳の春頃をきっかけにして催す。そろそろかと考えていたが……」

ふぅん。おいわいってゆってもあれなんだね、まつりごととかそういうやつなんだね。貴族って大変だなぁ。

「フランの同年代の親らの分派を見定め始めても良い時期だろう。許嫁《いいなずけ》の選定も必要であろうし、早速父上に上奏を」

なんかよくわかんないから、ステファンお兄様のつぶやきをフムフムってわかってる風にうなずいてたけど、

（いいなずけ？）

セブランお兄様のお茶会でバッチバチにやりあってたおんなの人たちが頭に浮かぶ。そうだ、あのきれいなおんなの人たちは、セブランお兄様と結婚したくて、いいなずけになりたくて戦ってたんだ

よ……！

「あばー‼」

「フラン！」

ステファンお兄様の言葉にびっくりしてのけ反ったら、そのままうしろに倒れる僕。すんぜんでお兄様が抱っこしてくれたので無事でした。

けど僕それどころじゃない。だって、だって！

（結婚……っ！）

お、おんなの人とおつきあい通りこして結婚のお話！　前世で17歳だった〝僕〟はおつきあいとか、あの、そういう経験いっかいもないのに、6歳の僕がそんなっ？　だって手もつないだことなくて、こんやく……あのバチバチでボッコボコできれいなおんなの人たちと血みどろのご結婚……！

「は、パパバ、はや……こわ、はやいいぃぃぃっ」

「ど、どうしたのだフラン。貧血か⁉　くっ、部屋に運ぶぞ！」

「はいっ。ぼっちゃま……！」

想像したら頭がワーッてなっちゃった。

ステファンお兄様に抱っこしてもらってお部屋にもどる僕。すぐにベッドに寝かされて、メイドたちはバタついてる。じょうずにあけられないお目めでステファンお兄様を見たら、お手てをおでこにあててくれて安心した。

「ステファンお兄様……」

「意識はあるな。いま医師を」

ステファンお兄様が立ち上がろうとしたから、僕はひっしでお袖をつまんだ。はな、離さないぞっ。

「おおきいパーティーイヤですっ」

「うん？　パーティー？」

「お、おん……、おとなのひと、あの、いっぱいでお誕生日するのイヤです。家族だけがいいです。お父様とステファンお兄様とセブランお兄様と、あとおうちのひとだけでおいわいしてほしいです」

血みどろの誕生会イヤだ。みんなにニコニコされておめでとうってゆわれたいです。

「……」

見つめ合う僕とステファンお兄様。

ステファンお兄様はさいしょ怪訝《けげん》なお顔してたけど、それからふうと息を吐いた。

「わかった。今年のフランの誕生日は家族だけで祝おう」

「おやくそくです」

「約束だ。だからいまはもう休みなさい。顔色が心配だ」

ステファンお兄様の大きいお手てが僕の視界をふさいだ。ふぬぬぬ、暗い……。

そのままお布団のうえからポンポンされると、寝たいと思ってなかったのにぐっすり寝た僕なのでした。

第1章

お誕生日をおむかえしよう！

Akuyaku no Goreisoku no Dounikashitai Nichijyo

†お誕生日の予感

貴族のおうちならではの広い庭園。

いつもお散歩してるのに、まだまだ知らないところもあるし、知ってても別の日に来てみたら知らないお花が咲いてたりする。

「んあっ」

今日も芝生をふっこふっこ歩いてたら、生け垣にツボミ発見！　シュッとしゃがんでツボミをカンサツする。

「じい、ここ、お花がさきそうだよ」

「はい。そちらはアセビです。根元にあるのはビオラですが、どちらももうすぐ咲くようです」

「あせびとびおら」

「アセビはスズランのような花で、ビオラはパンジーと同じ形で小型のものです」

「あっ。あれかぁ」

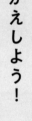

パンジーは知ってる！　おじさんがにっこりしてるみたいな模様のお花だ。アセビはよく知らないけど香りがいいらしいので咲くのたのしみ！

僕が聞くと庭師のおじいがくわしくおしえてくれるからお庭のお散歩たのしい。

よいしょって立ちあがってお散歩を再開してると、生け垣の向こうではメイドさんたちがバタバタしてるのが見えた。

「みんないそがしそう」

僕が起きたときから使用人たちが忙しそうだったから、たぶん起きるまえから忙しいんだ。あっちにむかう馬車もいっぱいいたし、こっちに帰ってくる馬車もお荷物いっぱいだった。

広いおうちだけど、忙しいトコに僕がいるのはおじゃまかなぁと思って、今日はながめにお散歩してる僕です。

「パーティーをするそうで」

「ふぅん。……べい！」

ちょうどいい感じの距離にいたおじいによじ登る。おじいもすぐに気づいてちょっと屈《かが》んでくれて、お尻を手で支えてくれるからずんずん登れちゃう。よしよし。

ぬるぬるぬるっと肩まで登ったら、おじいの協力もあってぶじ肩車かんせいっ。

「思ったのの数倍いる……」

おじいは背が高いから、肩車してもらうと遠くまで見えるんだ。

庭園のむこう側ではメイドたちがなんかの実をつんでるっぽい。カゴを持ったメイドたちはキレイなお花を厳選してブーケにしてみたり、まわりと相談してリース作ったりしてた。

お外でおしごとしてるメイドを見るのはじめてかも。ああやっておうちを飾ってくれてるんだね。

でもやっぱりお花の数が多いと思う。

「ぼっちゃま」

「んう？　なぁにキティ」

「お好きなお花はございますか。それから、食べ物でも」

「アップルパイ！」

「はい」

キティがメモってた。

けどそんなことより、僕、キティの頭が見れてる！　キティは僕より背が高いのに。

んふう～。背が高いとこんな景色が見れるのかぁ。

「ぼっちゃまは本当にリンゴがお好きですなぁ」

「好き！　甘くていい香りしてシャクシャクしてて、すごいんだよ！　んあぁ、リンゴは神のたべもの……」

おじいの肩のうえだけど両手を離してほっぺを押さえちゃう。想像するだけでお口のなかがおいしいってするんだ。

うっとりしてたらおじいが笑った。

「春になればリンゴの花が見られますよ」

「えっ。リンゴってお花さくの！」

「白くて可愛《かわい》らしい花です。花が咲けば、そこにリンゴの実が生《な》ります」

「ふあーステキだねぇ」

白いお花のあとに赤い実がなるなんて奇跡みたい。僕がいつも食べてるリンゴの木は特別な場所に植えられてるんだって。咲くころにご案内してもらうお約束をしました。はあああ、人生の楽しみがどんどん増えていく。

（これも魔王を封印したおかげ……）

こんなにジュウジツしてると、ちょっとこわくなっちゃうよね。んふふふっ！

「ぼっちゃま。つづきまして、何色の花がお好きですか」

「んん、色？」

またキティのご質問。なんだろう、質問に凝ってる日なのかな。

色だけなら緑色と水色と赤が好き。セブランお兄様とステファンお兄様とお父様の魔力の色だよ。けどお花にはあんまりないかも。

（お花の色かぁ）

ちょっと考えて、庭園をぐるーって見渡す。おじいたちがいつも手入れしてるからどの木もどのお花もみんなキレイ。

「みんな好き！」

「みんな、でございますか」

キティがメモを片手に意外そうなお顔をした。

「ん！　僕のお庭ね、お花いっぱいさくけどみんな好き。かわいい。いっぱいでさいてても、ひとつでさいててもキレイと思うよ！」

「そうですかそうですか」

いつ見てもステキなんだよ。えらべなくて正直にゆったら、おじいがうれしそうにうなずいてた。

「んへへ、じいのおかげですぞっ。いつもありがとう、じい！」

「ぼっちゃま……光栄です」

「ひゅふ！」

「おっと」

おじいが僕のお顔を見ようと見上げたら、自動的にグイーンてうしろにかたむいて落っこちそうになっちゃった。すぐに体勢をなおしてくれて、僕もおじいの頭にしがみついたから、ぶじ！　なんかそういうアトラクションみたいでおもしろかった！

そのままおじい肩車でずんずん歩いてく。景色が変わっていくのたのしい。

おじいは背が高いから歩くのも速くて、あっという間にいろんなとこに移動しちゃうのだ。

庭園を抜けておじいの小屋とかまで行って裏からおうちに戻ってきた。なるほど、こんなコースがあるんだなぁ。

「んは～いい香り。バター？」

なんかいい香りする。たぶん遠くに見えてる厨房《ちゅうぼう》からっぽい。

「はい。料理長たちが腕によりをかけて菓子を作っております」

「……」

こたえてくれたメイドがなんかうれしそう。

……なんで？

昨日あたりからちょっとみんなおかしい。セブランお兄様のパーティーがあるとか聞いてないし、じゃあなんのパーティーの準備してるんだろか。

おじいからずるるるんとおりながら考える。

むむむ、僕の名推理が光りそう……。

「ンハッ！」

とん、って足が地面についたところでハッとした。

「僕の！　お誕生日!!」

「さようでございます。とてもおめでたいことでございます」

「っぱー！　そっかぁ、僕の、僕のお誕生日のために」

あっさり正解して、僕のテンションがギュンギュンにあがっていく。

朝から使用人たちが忙しそうだったのも、メイドが庭園で木の実をつんでたのも、厨房からバターのおいしい香りがしてるのも。

(僕の誕生日パーティーのためなんだって！)

「んふひゅふふふっ」

たのしみです！


そわそわしてる。

みんなお祝いの準備で忙しくしてるから、僕もなんかしなくちゃって気持ちになって、でもなにもすることない貴族の僕です。

ソファにはさまってすき間のトコでゴロゴロしてたけどぜんぜん落ちつかない。

僕はすってソファから立ち上がった。

「キティ」

「はい」

「寝ます」

かしこまりましたって寝室の扉をあけてくれるのを、なんともないお顔で入っていく。こんなにおとなしく歩いたんだからキティたちは僕がお昼寝をすると思っているだろう。

「んはっはっはー！　だまされたな」

ベッドに入って数分後。僕はこっそりと窓から脱出していた。

パーティーのこと考えたらぜんぜん落ちつかないから、もうこれは街に忍び出るしかあるまいと思ったのです。

別棟にむかういつもの道をササササッて移動してたんだけど、ちょっとしたら異変に気づいた。

「難易度あがってる……！」

メイドたちのウロウロがすごい。

パーティーの準備でいつもよりお外に出てるメイドが多いし、普段はいないところにいたりするから、僕の開拓したヒミツのルートがふさがれてるのだ。

でももうスラムに行くって思っちゃってるから、だれも僕を止めることはできぬ。

「ブヌヌゥゥゥ、僕のしのびのしゅうたいせい……！」

(ローリングサンダー!!)

ゴロンゴロン！　ゴロンゴロン！

生垣と生垣のあいだをすばやく回転してつき進む。

「んふっふっふ。すばやすぎて目視できまい」

ときには壁にぴったりくっついたり、庭園にあるナゾの彫刻と同化してみたりして、ついに別棟に到着した。

「がんばった……」

あれだけワクワクしてた気持ちが落ちつくくらいには、いま僕、体力消耗してる。

けどお外に行くって思ったんだから行きたいよね！

階段下の物置きに入り、奥にある扉のドアノブをつかむ。

「まっくら」

ギィと開けると相変わらずの闇。そうです、圧倒的な闇です。

「……。……よ、よしっ」

いまちょっとくじけそうになっちゃったけど、今日はお天気もいいし、ここをクリアしたらあっちも明るいはず！

足首を回して走る準備をしたら深呼吸。

「ゴー！」

ぺぁあああァァァ……

長い通路に僕の声がひびくのだった。


びちゃびちゃになったお顔で、教会の机の下からよいしょよいしょって出る。

すごい。あんなにワクワクだったのに。いまはもうしょんぼりが止まらない。こんなことってある……？　隠し通路のしょんぼり効果がすごすぎる。

鼻水をすすりながら教会の扉を開けると、まぶしいぐらいに明るいお外。

お目めが慣れてくると崩れたレンガのうえにすわる人かげを発見できた。とたんに元気な気持ちが湧いてくる。

「トレーズくん！」

おなまえを呼ぶとトレーズくんが「おう」ってちょっと笑いながら立ってくれた。それがもうキラキラに光って見える。さっきまでこわかったのにトレーズくんがお迎えに来てくれてたって思うと安心感がすごい！　こわいのがまんして走ってきてよかった！

「トレーズくん！」

「うおっ、なんだっ？」

ビャーって駆けよってそのままのスピードで抱きつく。抱きつくだけじゃ足りないからとりあえず体をひねってグリグリするね！

「コーフンしてまいりましてっ」

「そ、そうか」

トレーズくんもおずおずとだけどギュッってしてしてくれる。それがうれしくて僕も全身でしがみついた。

「お元気だった？　お元気にしてましたっ？」

「ああ。まあ落ちつけ。顔拭くぞ」

「んぬゅ」

いい香りのする布でお顔を拭いてもらっちゃった。えへへ、もう元気だよ。

トレーズくんは僕をレンガにすわらせて、お洋服とかの汚れがないかをチェックしてくれたあと、おとなりにすわってくれた。

立ってるトレーズくんを見てしみじみ思ったけど、会うのほんとうに久しぶりだ。魔王とごちゃごちゃしてお城で別れて以来だよ。

「トレーズくんお体に変わったことない？　お城で光ってたよ」

「それな」

僕にくっついてる妖精さんが、僕とトレーズくんをまちがえて、トレーズくんのことをすごく発光させたんだ。そのおかげでケガしなかったとかもあると思うんだけど、光り方がね、夜に見る異常に明るい街灯くらいに明るかったの。人間のゲンカイを超えたと思いました。

「体に異常はねぇな。あのとき聞いた声ももう聞こえねぇし」

肩をすくめて笑ってみせるトレーズくん。むむ、イケメンだな。

けどなんともなかったならよかった！

「皇帝のほうも平気？　僕たち、おイスを……あの……」

大爆散させたじゃん。

ボンってレベルじゃなくて粉々になるやつね。いま思い出してもはっきり思い出せるくらい、金とか宝石とかいっぱい使ったものすごく高そうなおイスだった。

あれを木っ端みじんにしてブジってことあるだろか。

考えると不安になってきて、僕はトレーズくんのお膝においた手をぎゅっとしちゃう。そしたらトレーズくんは僕の頭をぽしってなでて笑った。

「椅子の件も大丈夫だ。アルネカっていう魔法庁の男と吟遊詩人がごまかしに行ったからな」

「せ、せんせぇが」

せんせぇってそういうご説明がお得意なイメージないなぁ。あ、でも僕が知らないだけで、すごいのかも。

「呪いがどうとか精霊の予言がなんだとか、あー……とにかく玉座が狙われていたストーリーにようって吟遊詩人の案だ。アルネカが見回り中にたまたま聖なる力に導かれた子どもを発見、対処。精霊の導きで魔王の残滓《ざんし》と出会い、椅子を爆破にいたった、と」

粗め！

さすがの僕でも粗いって思うくらいの展開だけど、い、いけたの？

「突き抜けてわけわかんねぇほうが、逆に信じられるらしいぜ」

「ほはぁ」

奇想天外なお話だけど、いろんなとこを旅してる吟遊詩人キャラのディディエと魔法のエリートのせんせぇが言うなら説得力がでるのかも。なんか、世界にはいろんなことがあるんだなぁって思っちゃいそうな気がする。

「おまえのほうは？　先に帰らせたけどその後フォローできなかったから」

「フランです」

「はいはい。で、フランは無事だったかよ。叱られたりしなかったか」

「だいじょふでした！　だれも僕がお城にいたって知らなかったよ」

せんせぇの魔法でピュンッて帰ってきたから、だぁれもあやしまなかったんだ。お父様もお兄様もお城の日だったたし、あのあとは忙しくなっちゃったみたいだから、きっと僕のことまで気が回らなかったんだと思う。

なにかとよいタイミングでした！

「はぁ……そうか、よかった」

「んふふふ」

僕をひとりだけで帰したのがすごく心配だったんだって。トレーズくんは僕に巻きこまれただけだったのに、心配してくれるなんてやさしい！

僕がトレーズくんを見つめると、トレーズくんはなんだよってゆいながら頭をなでてくれる。

みんなぶじで、目覚めかけた魔王もいなくて、とっても平和。

すごくうれしいことがいっぱいなのに、ヒミツのこともいっぱいだからみんなで「おめでとう」とか「やったね」ってお祝いとかできないんだよね。僕のお口がムイッて突き出しちゃう。

「どうした？」

「みんなで魔王フーインのお祝いできたらよかったのにって思いました」

「そりゃ……難しいだろ。魔王封印なんてタイトルがやべぇし、集まるオレらの立場がちがいすぎる」

「……………」

ゾモモモンってトレーズくんのお膝にのる。

「お、おお。迷いがねぇな」

向かい合わせにお膝にすわって、そんでトレーズくんをぎゅっとした。

「僕ね、トレーズくんのことすきだよ」

「っは、ありがたいな」

信用してるかどうか、なんかあやしい感じでトレーズくんが笑う。

「んむぅ。ほんとだもん。会いたいなぁって思うもん」

「そうかよ」

「プギィィィ」

「ま、前歯が……。わかったわかった、伝わってる。オレもそのフランのこと、す……良いやつだと思ってる」

「！　ほんと！　僕のことおともだちと思ってくれてるっ？」

「……ああ」

めちゃくちゃ歯切れわるかったけど、いいやつってゆってくれたっ。

僕、トレーズくんのことおともだちだと思ってたけど、トレーズくんもそう思ってくれてたならすごく、すごくうれしい！

どぅるるるって体をねじこんじゃう！

「ぐおおっ、お、落ちつけって。……そのさ、これ」

「んう？」

ポッケごそごそするトレーズくん。ぬぬ、僕がお膝にのってるからおじゃまかもしれない。僕はおりておとなりに座りなおした。

「これ、やるよ」

「んほぃ」

ポッケから取り出したなにかを僕の手のひらにポイって落としてきた。あわててキャッチするとちいちゃく折られた紙。

折り紙っぽいけどもっと簡単に折られてるから開封してみる。

「わぁっ、キレイだねぇ！」

なかに入ってたのはお米くらいの大きさで、緑色の透明な粒が五個。ちいちゃいけどツヤツヤキラキラで宝石みたいですごくキレイ！　……なんだろこれ。手のひらに出してみたけど、かたくもなく、やわらかくもなく。

「花の種だ。数年に一度しか咲かねぇ花だけど、咲けば幸運に恵まれるんだってよ」

「数年にいっかい！　そんなレアな、ふぉぉぉ……」

震える。

僕、限定とかレアとか言われると、なんかすごいものに思っちゃうフシがある。

光にかざしたり、まるさをじっくり見たり。

透明なタネはここからどんなお花が咲くのかぜんぜん想像つかない。

でもお花咲かなくてもタネだけでこんなにキレイ！

(あとトレーズくんが僕にってくれたのがうれしい！)

うれしいがいっぱいになってきて、タネをぎゅーっとしてお胸にくっつけた。

「んああっ、ありがとうございます！　たいせつに育てるねっ」

「おお。森で見つけたやつだから芽が出ねぇかもだけど」

「だす！　気合いで！」

「ふはっ。そうかよ。……受け取ってもらえてよかったぜ」

「んはぁ。うれしい」

僕のお誕生日プレゼントにしよ！

タネを紙にもどして僕なりにていねいにたたみ、それからハンカチにつつんでポッケにいれた。

「トレーズくん、ありがとうっ」

「おうよ」

「んふふっ、トレーズくんだいすき！」

横からびゃって抱きつくと、トレーズくんもやんわりとだけど抱き返してくれたのだった。

†いよいよの日

とてもお天気のよさそうな朝。

パッチリとお目めを覚ますと、ペイッてベッドからおりて寝室の扉をあけた。

「おはようございます！」

おとなりのお部屋には朝の準備をしているメイドたちがいるから大きい声でごあいさつする。ふふふ、起こしに来るまえに起きててびっくりしたでしょー！

「ぼっちゃま、おはようございます」

「今朝はずいぶん早起きでいらっしゃいますね」

「うん！　だって今日は、今日はね、くひゅふふふ」

グーにした両手でお口を押さえるけど笑うのがもれちゃう。だって今日はお誕生日なんだよ！

キティにもらったあったかい布でお顔を拭いたら、あとはメイドたちがお着替えさせてくれるんだ。鏡のまえに立って、足を通して～とかお袖を通して～の指示にしたがいます。

「みんな帰ってきたのかなぁ」

「旦那様とステファン様は昨夜のうちにお帰りでいらっしゃいます」

「セブランお兄様がまだ帰ってこれてないんだ……」

セブランお兄様は去年から騎士になるためのお勉強をいっぱいしてて、いまは騎士のシショーみたいな人のとこにお泊まりしに行ってるの。

お誕生日には帰るねってゆってくれたけど、ムリかも……。

「おいわい、いっしょにできないかなぁ」

お仕事だからしかたないけど、夜までに会えたらいいなぁ……。

「お戻りになるとよろしいですね」

「ん」

ちょっとだけぺしょりとした気持ちでうなずいて鏡を見る。と、いつの間にかフリルいっぱいの服を着せられてる僕。派手！

「……フ、フリフリだ」

「ぼっちゃまのお誕生日でございますから。もっと飾りの多いお召し物を用意したかったのですが……。執事からご家族だけなのでこの程度で、と言われてしまいまして」

お洋服担当のメイドが残念そうにため息をついてるけど、ナイスッ、シツジナイス……！

これ以上フリフリしたら、もう僕、そういう生き物みたいになっちゃう。

襟とお袖は繊細そうなフリルで、寒くないように着るガウンは刺しゅうがたくさんあって金色で派手。どうりでちょっと重いと思った。

うしろはどうなってるんだろうと思って、鏡のまえでグリングリンに回ってたらまわりにいたメイドたちが拍手してくれた。

「とても凛々《りり》しいお姿でございます！」

「これぞトリアイナ家のご令息！」

「帝都のお洒落《しゃれ》公子とはぼっちゃまのこと！」

みんな僕がお洋服のこと気に入っていろんな角度で見てると思ったみたいで、拍手しながらかっこいいってゆってくれた。そうじゃなかったけど、褒められるとうれしくなってきちゃう。僕、褒めてもらえるものはぜんぶ飲みこみたいタイプですので！

「そ、そう？　まぁね、まあねー！」

んはっはっはー！　ってのけ反って高笑いが出たところでハッとした。

いまの悪役っぽくなかった？　だいじょうぶでした……？

そうっと姿勢をなおす。よい子。僕は調子にのらないよい子。

ちなみにガウンのうしろには高そうなでっかいおリボンがついてたよ。

「ぼっちゃま、朝食のご用意が整いました」

「んはい！」

キティにゆわれてお着替え台のうえからおりる。

んはーっ。お誕生日開始です！


食堂の扉をあけると色とりどりのお花が飛びこんできた。

「んあー！！！」

あらゆるところにお花が飾られて、テーブルクロスもいつもよりキレイな色のやつ。そのうえに置かれる何個かの花束もいつもよりちょっと大きいみたい。お皿やティーカップも派手じゃないけど普段使ってるのとちがうやつだ。

「なんか……おしゃれ！」

パーティーってほど明るくないけど、あのなんか、洗練されてる！

フスァーってお鼻から空気を出してたら、すでに奥にお父様がいた。おとなりにはステファンお兄様も。

「フラン！　おはよう！」

「おはようフラン。座りなさい」

「おはようございますお父様！　ステファンお兄様！　ふぁぁぁーすごい。ここにもお花かざられてますっ」

お席につくとフォークのところにもちっちゃい花束があった。かわいい！

視線をあげるとテーブルの真ん中にはアップルパイが二台もある。まだ僕がおかわりとかゆってないのに！　もうふたつめがあるんだよ。これはすごいことだ。

「はぁー……アップルパイがふたつも……」

お誕生日の感じにそわそわして、ナプキンをお膝にのせたところで、ちょっといわかん。

「んう」

セブランお兄様がやっぱりいない。

こんなにキレイにしてもらったから、セブランお兄様にも見てほしかったなぁ。

けど、お父様とステファンお兄様がそろっていてくれるのはレアだ。ここだけでもうれしいって思うのに。

（…………）

またぺしょりとしそうな気持ちを頭を振って立てなおす。

「お父様、ステファンお兄様、僕、うれしいです！」

「うむ！」

キリってしてゆった僕のお顔を見てお父様が、フランもオトナになるのだなってしみじみしてた。

いただきますしようと背筋ピンとしたところで、お父様が急に立ち上がった。

「待てフラン！」

「びゅっ!?」

ナイフとフォークとろうとしてたからびっくりした！

お目めをまんまるにしながらお父様を見たら、お父様は食堂の扉の方をじっと見てる。

（なん……？）

僕がおなじ方向をふり返ると、ちょうど扉が開いた。

「遅くなりました……！」

ちょっとだけ息を荒くして入ってきたのはセブランお兄様。

「よく戻ったセブラン！　おはよう！」

「セブラン、間に合ったか」

「おはようございます。倒木を迂回《うかい》していたら遅くなってしまいました」

間に合ってよかった、と微笑《ほほえ》んでゆったり歩いてきたセブランお兄様がお席につく。

それから僕と目を合わせておはようってゆってくれた。

「……ぷあ」

「ただいまフラン。遅くなってごめんね」

「ふあぁあああああー！　セブランお兄様っ、セブランお兄様おかえりなさいぃー！　おはようござっ、ございます!!」

「ふふ、うん。おはよう」

おイスにしっかりめにすわっちゃってたから、急には立ち上がれなくてバタバタしちゃう。せめて体をってお尻をズリズリと寄せてるとセブランお兄様が体をかたむけてほっぺにキスしてくれた。

「うむ！　全員揃《そろ》ったな！」

「はいっ」

ぜんいんです！

背筋ピンとしてお父様を見る。ステファンお兄様もセブランお兄様もお父様に注目。

「フラン、よくぞ我がトリアイナに生まれてきてくれた！　我が息子、フランの息災に感謝を！」

「「　感謝を　」」

宣言のあと、みんなが僕を見てくれた。

「ありがとうございますっ。僕、お父様もステファンお兄様もセブランお兄様も、みんなみんな大好きです！」

僕は満面の笑みでみんなに好きを伝えたのでした。

†おともだちとティーパーティーを丘で！

お天気が良くてお花もキレイだから庭園でおやつと思っておともだちを呼んだ日。

ふとピクニック日和では？　と思いなおした結果、丘を登ることになりました。

「ハーツくん、サガミくん、もうちょっとだよ！」

「はいっ。いきますよ、サガミ！」

「がんばります……っ」

僕たち、いま、しきちのなかの丘を登っております！

お花も見たかったからすこし遠くで馬車をおりて、ハーツくんとサガミくんと一緒にピクニック会場の丘まで歩いてる。

やってみて気づいたんだけど、僕たちって体力ない。貴族だからかなぁ。

ぽっちゃりのサガミくんはあったかいのもあってちょっとフーフーしてる。休憩しながらゆっくり歩こうね。ハーツくんも気にしてて、いつの間にか手を引いてあげてた。やさしい！

いつも木箱ですべってあそんでる斜面を一生けんめい登る。僕もちょっとだけ汗かいてきちゃった。

「んは……っついたー！　サガミくん……っ」

丘のうえにはもう絨毯《じゅうたん》がしいてあって、寝ころびたい気持ちだけどサガミくんを迎えに行かなくては！

小走りでもどって、丘の真ん中よりすこしうえにいたサガミくんの手をとる。反対側で支えてたハーツくんは、僕と目が合うと力強くうなずいた。うんっ、みんなでがんばろ！

「よいしょ、よいしょ」

「サガミ、もう頂上ですよ」

「はいっがんばります……！」

大人だったらすぐに登れる丘を僕たちは三人で協力して登りきった。

「んはー！　運動不足だったぁー」

いちはやく絨毯のうえにゴロンとする僕。

ハーツくんとサガミくんはびっくりしたお顔で僕を見たけど、立ったままハァハァしてるよ。

「ふたりとも寝よ～！　立ってたら疲れちゃうよ」

「で、ですが」

ハーツくんが戸惑ってる。ピクニックがどんなのか知らなくて、丘に絨毯が直でしいてあるのもちょっと飲みこめてないみたい。ふたりのお付きの人たちもザワザワしてるのがわかったけど、これがピクニックだから「そういうもの」って思ってください。

「ハーツくん、サガミくん、よきにはからえだよぉ」

僕は絨毯にあおむけになって、息を整えながらお空を見る。お疲れがなくなっていくみたい。きもちいいなぁ。

「……サガミ。横になりましょう！」

「はいっ」

重大なことを決めたみたいな声がしたあと、ハーツくん、サガミくんもころんでしてくれた。

お顔を横にむけると右にはハーツくん、左にはサガミくんがあおむけでいた。

「んふふ。みんなで丘、がんばったねぇ」

「やりとげた気持ちになりますね」

「おふたりのおかげでのぼれました！　ありがとうございますっ……ふぁー気持ちいいです」

青いお空をながめると、ひつじみたいなモコモコの雲がゆっくり流れていく。

ぽかぽかしたお日様と、お背中はひんやりした丘。ふわふわの絨毯のうえにいるとウトウトしてきちゃう。

ハーツくんとサガミくんもおなじで、僕たちはいつの間にかお昼寝してたのでした。


起きたらお目めぱっちり！

歩いてきた疲れもすっかり取れてむくりと起きあがったら、ハーツくんとサガミくんも目をこすりながら起きてくれた。

「寝ちゃったね～！」

僕が声をかけたらハッ！　といそいで絨毯にすわるふたり。寝起きからキビン。

「も、もうしわけございません……っ」

「もしわ、ございませ……！」

「？？？」

めちゃくちゃ謝られた。サガミくんなんて寝起きだからロレツやられてるのに謝ってくる。

なんだったらふたりについてきてる使用人さんたちまで頭を下げてた。

「遊びにさそっていただいたのに、ね、寝てしまうなんて」

「ぼ、ぼくは従者になるのに……っ」

「んえええええ」

あれ、僕たちおともだちってお話じゃなかったっけ⁉

従者とかなんかそんな……やだぁ。

僕はすわったままお膝でずりずり移動して、三角形になる位置にすわる。うむ。

「僕たちはおともだちなのでいっしょにお昼寝したり、追いかけっこしてぬかれちゃったりとかしても、そういうのはおともだちなのでふつうだと思います。おともだちなので」

おともだちってゆうのを強調する僕。「おともだちじゃないです」ってゆわれたらどうしよ……泣くかも。内心でハラハラしてふたりを見たら、ハーツくんは眉毛をへにょっとさせて、サガミくんはお胸のまえでお手てをぎゅっとしてる。

お、お、おことわりをゆおうとしてるんじゃないよね……？

「なかよくしてください！」

僕はバッてふたりにお手てをのばす。あ、お寿司《すし》屋さんの社長っぽいポーズになっちゃった……。

すこしのあと、キュってお顔に力をいれたハーツくんとサガミくんは、おたがいのお顔を見合わせてそれからしっかり僕のお手てを握り返してくれた。

「フランさま、わたしたちずっとおそばにいます！」

「はい！　フランさまとおともだちです……！」

「ん！　えへへ。ピクニックしよっ」

「「はい！」」

気合いのはいったお顔でお返事。よかったぁー、おともだちと思ってるの僕だけだったらここらへん泣きながらゴロゴロ転がってたところだったよぉ。

僕が見るとキティはうなずいて、まわりのメイドたちに指示を出してくれた。すぐに絨毯のうえにおやつのお皿やケーキの大きいお皿がいっぱいに並べられて、それぞれの横にティーカップとカップを置く用のトレイも置かれました。

丘ピクニックはカップがななめになってグラグラしちゃう。だからトレイの裏にふとい針をつけて地面にずぶっとして動かないようにしたんだって。物理的解決方法。

ピクニックが快適になってきている我が家です。

「んあ〜っ、アップルパイおいしい！」

ちょっと寝てたし、運動もしたあとだからアップルパイのみずみずしさがたまらない。甘くてさわやかで、お口のなかがしあわせになる。

ハーツくんたちもそれぞれお気に入りの我が家のおやつに手を伸ばしてくれた。ハーツくんはサラダとレーズンサンドイッチで、サガミくんはふわふわなポテトパイ。

「フランさまのおうちのサラダはシャキシャキしていて、ほんとうにおいしいです」

「パイもすごくおいしいです！」

ふたりともおいしいですねってニコニコして食べてくれるからうれしくなっちゃう。

僕もふたつ目のアップルパイに行こうとしたけど、キティが真顔で圧力をかけてきたから、ちいさいチキンサンドをとったよ。しゃもりと食べるとキティにゆわれたメイドがアップルパイを切りわけはじめてくれた。ぬぅ。栄養バランスめ。

しょもしょもとサンドイッチを食べて紅茶でゴクンとしてたら、ハーツくんとサガミくんがこしょこしょってなんかお話しして、ふたりでいっしょに僕を見つめてきた。姿勢いい。

「フランさま」

「はぁい」

お話かな？　僕もカップを置いてちゃんとすわる。

「フランさま、お誕生日おめでとうございます」

「おめでとうございます！」

「んあっ、え！　あ、あり、ありがとぉー!!」

急にお祝いをゆわれてびっくりしちゃった。お誕生日会したけど家族だけだったから、ほかの人におめでとうってゆわれるの初めてだ。ふたりとも知っててくれたの！　うれしいっ。

「わたしとサガミは秋生まれなので、フランさまがいちばん上ですね」

「かっこいいです」

「ひゅふっ。７歳になったよ」

僕がいちばんお兄ちゃんなんだって！

まあね、前世では17歳でしたからねっ。んはっはっはー！　どんどん頼りがいのあるオトナになってしまうなぁ。

「それで、サガミと相談して、お誕生日のおくりものを持ってきました」

「んえ、いいの！」

「はいっ。ハーツさまとかんがえて、ご一緒におわたししようってなりました」

「ふあーっなんだろ」

お誕生日プレゼントまでご用意してくれてたんだって！　すごい！　すごいうれしいっ。

ふたりが使用人たちを呼んでる姿を見るだけで、なんかもう興奮してお顔が赤くなってくるのがわかる。

ハーツくんの付き人さんが、白いベルベットの布がかけられたトレイを持ってきた。絨毯のキワキワの地面にお膝をついて、僕たちによく見えるようにしてから布をゆっくりと取りはらう。

「ツパー!!　キレイ！」

なかから出てきたのは八角形のガラスビン。そのなかに光を反射してキラキラしてる宝石とかわいいドライフラワーが入ってた。

「どうぞお手におとりください」

付き人さんにすすめられて両手でそうっとビンを受けとる。宝石が灰色とか銀色とかふしぎな色で、そこに白やピンクのコロンとしたお花がいっぱい入っててすごくおしゃれ!!

「んはぁ～……なにこれすごぉ……」

ため息をもらしながら見とれてると、ハーツくんとサガミくんがズリズリとおとなりにやってきた。

「なかの石はわがグリューシート領でとれる白銀針水晶《ミスリル》です。鉱石からキレイなものをえらび、わたしがその、削りました」

「ハーツくんがけずったの!? すごいっ」

「や、やすりでがんばりました!」

「お花はぼくの、リピード家の田舎でとれる千日ルビーというお花をかんそうさせたもので、香りもいいのでポプリになります。このまえ行って、かわいいものをつんできました……っ」

「サガミくんが……! ピンクと白の配分をして……!」

手作りってことにびっくりするし、感動しちゃう。

両手がふさがってるからふたりをギュッとできないけど、そのかわりふたりが作ってくれたきれいなガラスビンをお胸にキュムリとした。サガミくんのゆうとおり、ビンからは甘くていい香りがしてた。

「んうううっ、ありがとう! すごくすごくうれしいっ。大事にします!」

「うふふふっ、光栄です」

「よろこんでいただけてうれしいですっ」

うんうんってうなずきまくってたら、ハーツくんもサガミくんも照れたみたいに笑ってくれたよ。

よし！　僕がいまできるせいいっぱいのお返しは、おもてなししかあるまい！

「パイ食べてね！　今日のアップルパイもすごくおいしいから。あとこっちのケーキもおすすめだよっ。ほかに食べたいのあったらゆってね！」

「ありがとうございます」

「いただきますっ」

「うんうんっ。いっぱい食べようね！」

僕たちは夕方になるまでピクニックをたのしんだのでした。

閑話　まわりの人たち（お父様とお母様とちいさいフラン）

急に走り出した末の息子、フランが何もないところで転んだ。

まだ体の成長に合わず頭が大きいせいだろう。

「……………」

地面にビタリと寝るような体勢のまま動かない。まもなく泣くだろうか。

（妻であればどうしただろうか）

ステファンのときは助け起こしていたはずだ。次男のセブランのときは……心配しながら見守っていた顔が思い浮かぶ。

あまりに手を貸しても良くないのではないかと話し合い、状況によると結論づいたはずだ。

ではこの場合は。

あのときのセブランと今のフランの月齢は微妙に同一ではない。

「ふぬぅ～～」

考えているうちに、転んだフランが四肢をつっぱって懸命に立とうとしていた。

立ちきれずに芝生に座り込んでしまったが、声を出して泣くのはなんとか堪《こら》えている。

「フラン！　よく耐えた！」

我ながら一歩遅かったとわかったが、即座に距離をつめてちいさい肩を掴《つか》んだ。

「お、おと、さば……っうぐうううううう」

私と目が合うと緊張の糸がきれたのか大きな目から涙が溢《あふ》れてきたが、それでも唇を噛《か》みしめて唸《うな》るに留《とど》めるフランをたまらず抱き上げた。

武人の力では何をしても折れてしまいそうな体を慎重に抱きしめて背中を撫《な》でてやる。

「ぇふ……はふ……っ」

「男らしかったぞ！　もう泣いても良い！」

「へぐぬぅうううううう」

私の肩に顔を押しつけるフラン。服に染み込んでくる涙が熱い。

こんなとき母がいればうまく慰めてやるのだろう。もしくは、庶民の夫たちであれば我が子のあやし方を習得しているのかもしれない。

私は武にかまけているあまりこのようなときの対処を知らないことを悔いた。

『この子は大人しいから心配ですわ』

フランを身籠《みごも》っていた頃、心配と言いながらも愛《いと》しさを隠しきれない顔をしていた妻。

生まれながらに体が弱く、外の世界を知ることがない女性だった。それゆえか身の回りにある多くはない人やものを、心から慈しみ愛しているようだった。

『旦那様、もしも生まれてくるこの子が私に似て魂の弱い子であっても、どうか愛してあげてくださいませね』
『あたりまえだ。どのような子であろうとも、不自由なくトリアイナの子としてしっかりと育てると約束しよう。そなたも共に成長を見守ってやるのだぞ！』
『ふふふ、そうですわね』
　あのときに微笑《ほほえ》んだ妻は、今の状態によしと言ってくれるだろうか。

「ふひはははっへひゃふふふふ！」

「フラン、怖くないかい？」

「セブランお兄様っ、たの、たのしゅへへへへ！」

　セブランにブランコを押されたフランが笑っている。

　水平とまではいかないまでも、それなりの高さになっているが楽しいらしい。押しているセブランは慎重に様子を見ているし、まわりのメイドたちも真剣に危険な高さを見極めている。心配はなさそうだな！

「セブラン、フラン」

「！　父様」

「おとうさま！」

　角度としては背後からになってしまったが、声をかけるとすぐにこちらを確認してくるセブランとフラン。こうして振り向く表情はよく似ている。

「あっフラン！　急に手を離したら……！」

「アブエェ……ッ」

「あああっ大丈夫⁉　ケガはっ！」

動いているブランコからの着地タイミングは良かったが、手を離すのが少々早かったか。足も立つ姿勢になれておらぬから、フランはしっかりと芝生に転んだ。

ブランコは押さえたので後頭部に当たることはなかったが、うつぶせに倒れ込んだフランにセブランが慌てている。

「……」

「フラン、フラン起きられる？」

「んへへへへしっぱいしました！」

セブランに起こされたフラン。うむ。ケガはないようだ。

笑顔なのに、私の口からホッと息がもれた。無意識に緊張していたらしい。

「セブランお兄様、お顔から草のにおいがします！」

「うん、顔にたくさんついてしまっているものね」

「んん……ハッ！　お手てからもします！」

メイドたちがハンカチで拭いてやったりケガを確認しているが、自分の手のひらを嗅いでびっくりした顔で手を見るフラン。

「セブランお兄様！　お父様！　僕のお手て、草のにおいします！」

直線にならんでいた私とセブランに向けて、フランが両手を突き出してきた。嗅げということだろう！

「うむ！　草だな！」

「……うん、草の香りだね」

「でしょー！」

しゃがんで嗅いでやれば、フランは満面の笑みを見せた。

フランは食が細く、体もステファンたちに比べてとてもちいさい。だが楽しそうに笑うフランを見ると心が安堵《あんど》するのを感じた。

ステファンもセブランも立派に育っている。母を知らぬ弟を守るように気丈にしているのだとわかる。

この子らが幸せであるように、私ができるすべてをしよう。

想《おも》いを込めて抱きしめれば、フランとセブランがくすぐったそうに笑うのだった。

閑話　まわりの人たち（お父様と覚醒前フラン）

Akuyaku no Goreisoku no Dounikashitai Nichijyo

「んはーっはっはぁ！　はしれはしれぇー！」

全速力で我が家の料理人が走りぬけていった。

それを末息子のフランが仁王立ちで笑って見送っている。機嫌がいいようだ。テーブルの上のアップルパイを横目に走れ走れと踊り出した。

「フラン！」

「あっ！　おとうさま！」

右に左にと拳を前に突き出して踊っていたフランが振り返る。

活発に動き回る年齢なのか、よく外で使用人たちと駆け回っていた。

「おとうさま、おひまですかっ」

「いや、これから仕事にゆく！」

「おしごと」

輝くような笑顔だったのがみるみる悲壮感漂う表情に変わった。そしてクシャっと顔全体を歪《ゆが》めると地面に伏せ、あー！　と泣き出した。

「なんでぇっイヤですが!?　イヤですがああ！　あーっ！」

「うむ！」

腹から声が出ている。フランはあまり物を食べないので力の足りぬ子だと思っていた。この大声は体力がついてきた証拠に思え、私は満足してうなずいた。

ところで地面に転がる息子はどう対処すべきなのか。ステファンもセブランもこんなにも全身で地に寝そべるのは見たことがない。

助言をもとめ執事を見るが……うむ。表情が読めないな。

ではメイドをと思い、フラン付きのメイドを見ると目を逸《そ》らされた。

「あーー！　なんでぇっおとうさま！　おとうさま！」

「うむ！　父はここだ！」

仕方なく、正解か自信がないままフランを持ち上げた。腹を支えるようにして抱き上げると涙と鼻水でずいぶん汚れている。

「おとうさま……っおしごとイヤですっ」

「そうか！　だが稼がねばそなたらを育てられん」

「あー！」

私に持ち上げられたまま、フランが再び泣き出す。大きく口を開けて声を飛ばすように空に向いていた。この仕草ができるとは伝令役の才能があるやもしれぬな。

「旦那様、そろそろご出立なさいませんと」

「ぬ！　フラン、父は仕事をしてくる！　耐えよ！」

地に立たせ、頭を触るがフランは泣き止《や》まなかった。

なんというのだろうか、後ろ髪を引かれるとはまさにこういう気持ちなのだろう。

私はその日一日、幼子の慰めになるものはないかと考え、後日オオカミのぬいぐるみを手配したのだった。


「シェフー！　ダッシュ！　しぬきで！」

料理長に発破をかけるフランを見つけ、私はいつぞやの光景を思い出していた。

あの日と違うのはフランが落ち着いてテーブルについていること。一口一口は小さいが、むしゃむしゃとしっかりアップルパイを食べていることだ。

「んもぁ！　お父様！」

「フラン、よく食べている！　偉いぞ！」

「えへへへへ」

照れた笑みを浮かべるフランのとなりの椅子に座る。

メイドらが茶の用意をするのを待ち、フランが食事をする様子を確認した。うむ。ミート入りのパイだな。

「お父様、お父様！　おやすみですかっ？」

「うぬ？」

茶を口に含み、しばし答えに窮した。

なぜならこれからまさに仕事に行くからだ。思い出されるフランは、仕事に行くと聞いた途端に泣き出したのだが……。

フランは数週間ほど前、なんらかのショックを受けて寝込んだばかりだ。一週間ほどベッドから出てこず、まわりの者は心配していたが、ある日ケロリと立ち直っていた。

それから少々の落ち着きを得たように見えてはいるが。

「お父様、おやすみならあそびたいですっ」

フォークをぎゅうと握り、期待の目でこちらを見てくる。

「うぬぅ、これから城で仕事があるのだ！　すまぬ！」

「おごごごご」

フランが……キラースクワラル《殺し屋リス》が威嚇しているかのような顔に……。

泣くかと思っていたが、グゥゥゥと唸《うな》ったあと眉毛を下げた。

「仕方ないです」

パクリとアップルパイを口に運ぶフラン。泣く素振りはない。

私は込み上げる感動に手が震えた。

フランが、成長している……！　気づけばカップの持ち手がミシミシ音を立てていた。いかんいかん。割ってしまう。

「ぼっちゃまー！　お待たせいたしまっ——だ、旦那様っ！」

「あ！　シェフっ、はやく切って切って！　お父様、アップルパイおひとつ食べていけますかっ？」

「うむ！」

「シェフ早《は》よ！　お父様がごいっしょしてくれますので！」

メイドらも迅速に手伝い、しっかりクリームの添えられたアップルパイが目の前に置かれた。もちろんフランの前にも。

「んふふっ、お父様とお茶するのお久しぶりでうれしいです。おしごとのまえに、おなかいっぱいになってくださいね！」

「うむ！　しっかり食べねばな！」

「はいっ！　ぅへへぇ」

健気《けなげ》にも私を気遣うフランの笑顔。

私は誇らしさと眩《まぶ》しさを覚え、フランの頭を撫《な》でたのだった。

第2章 おじい様のおうちに行こう！

Akuyaku no Goreisoku no Dounikashitai Nichijo

†いなかにごーごー！

お誕生日もおわってあったかくなってきた今日。

ついにおじい様の領地に行くことになりました。

「いってきまーす！」

元気よくおうちをしゅっぱつ！

窓から見える使用人たちに手を振りまくる。馬車から見えづらくなっても、窓にほっぺを押しつけてギリギリまでみんなの姿を見ちゃうよね。

ほっぺをぺっとりくっつけてるから、すぐお外を走る護衛の馬もやや距離を置いて気を使ってくれる。

「フラン、座ろう。そろそろ馬車が門を出るから」

「はいっ」

いつまでも窓にくっついてる僕に、おとなりにすわってくれてるセブランお兄様が笑いながら教えてくれた。おうちの門のところは段差でガタンてするからすわっておかなくては。

いそいそと着席して見上げるとセブランお兄様が頭をなでてくれる。

「ふふ、頬にまるく跡がついたね」

「つめたいです」

「ほんとうだ」

窓につけてたほうのほっぺをセブランお兄様がお手てでつつんでくれた。へふ。あったかい。

「旅行たのしみです」

「そうだね。お祖父《じい》様のところへはボクもずいぶん前に一度行っただけだから。どんなふうか楽しみだね」

景色もたのしめそうだよ、ってゆってくれた。

セブランお兄様は騎士のお勉強でおでかけするけど、そっちもまぁまぁ都会なんだって。おじい様のところはいなかって聞いていますので、帝都とかと環境がちがうみたい。ヒショチともちがうのかな？

馬車は貴族街をぬけて橋をわたり、庶民街を進む。

街にはたくさんの人がいて、馬車が貴族のだってわかるとハジに避けたりしてくれてたよ。

（トレーズくんとかいないかなあ）

ちっちゃい子とかは興味深そうにこっちを見てるけど、スラムの子はあんまりいないなぁ。

「んん〜」

「どうしたの？」

「んあ、なんでもないです」

トレーズくん、みつけられなかった。ざんねん。

見える人たちが庶民からだんだん旅人っぽい格好の人たちが増えてくると、いよいよ帝都のでっかい出入り口だ。

お外へむかう冒険者とか、逆にお外から来た人、帝都に入りたい人の列をさばいてる兵士が見えて、コーフンしてくる。いつも貴族ばっかり見てるけど、冒険者さんとか旅のみなさんの格好はすごくファンタジー！

窓にくっつくけど、このときばかりは護衛のおじさんもそばにいるので、見えるのはほぼ護衛の馬。でもそのスキマから目ぇ見開いて観察しちゃうよね。

馬車は人波をはずれてわきのほうに進んでく。トリアイナはえらい貴族なので、行列の横にあるえらい貴族専用の出口からお外へ出られるんだ。しかも出るときも入るときも門兵さんたちが敬礼してくれるオプション付き。

通りすぎるまえから門兵さんがピッてしてくれてるのが見えた。

「おほーっ」

手がうずうずしちゃう。でもお膝に置いたまま動かさないようにがんばる。門兵に手を振るのはだめですってキティからゆわれてますのでね。

最大限にお顔を窓にくっつけてアイコンタクト。お目めをぎゃんぎゃんにひらいて「いってきます！」を伝えるのだ。

門兵さんは僕に気づくとビクッてしておんなじようにお目めを大きくするけど、それから空にむかって敬礼しなおしてくれるんだよ。おしゃれ～。

帝都をでたら街道を進む。ここまでは毎年夏にいくヒショチとおんなじ。

「んあ、森だ！」

いつも曲がるとこ曲がんなかったな～って思ってたら、だんだん森が見えてきた。

おおー、帝都の近くに森があるんだぁ。

(あれ？　なんか……はじめて見るはずなのに)

あの森、なんとなく見覚えある……気がする。なんだかなつかしいような。

「お祖父様のところへはあの森を通り抜けるんだよ。フィードの森といって、いろんな種の魔物がいる森だ」

セブランお兄様が森のおなまえを教えてくれた瞬間、僕の頭の中にパパーッてゲーム画面が浮かんだ。

そうだ、あそこはラスボスがいる帝都に入るまえの最後のレベル上げスポット『フィードの森』だ。

「僕、あのなかに行くのですか」

ゲームでレベル上げをした、あの森に！

「馬車から降りてはいけないけれどね。窓をしっかり閉めて、様子を眺めることはできるよ。春のいまならまだ魔物も少ないだろうから」

「んは！　馬車のなかから魔物を見学できちゃう！」

前世であった自動車で見に行けるサファリパークみたいっ。

僕は公爵家に生まれたので、キケンなことはないようになってた。だから魔物もあんまり見たことなくて、もちろん戦ったこともない。絵本でしか知らない生き物なんだよ。

「ぼっちゃま。危険と判断したらすぐに木窓を閉めますので、窓とは少々間をおあけくださいませ」

「はい！」

ぴったりくっついてたら木窓にはさまるもんね。

それでも魔物が見られる！

キティが許してくれるギリギリのところまでお顔を窓に近づけてお外を観察する僕。護衛の馬とおじさん、森の木、その奥って順番で、森のぜんぶは見渡せないけどぜんぜんたのしい。見あきない。

「んふ、ふ～ん、ふ～ん」

鼻歌でちゃう。

ゲームといま見るのとでは感覚がちがうなぁ。森ってすごく森なんだね。ゲームではいちおう歩く道があったけど、ここからだとぜんぶ木。歩道なし。

「セブランお兄様、まだなにも発見できていません」

ときどきセブランお兄様を振り返ってご報告する。

いままで二回のご報告をしたよ。

「ふふふ。報告ありがとう。意外と静かな森だろう。冒険者もよく入っているし、騎士団が定期的に警戒に出ているから」

「ステファンお兄様もですか？」

「うん。兄様も巡回にお出になるし、時には討伐にも参加されているよ」

「かっこいい！」

「ね、ほんとうに」

もしかしたら見まわりの騎士も見られるのか。これは観察に気合いをいれなくてはっ。

「あ、フラン。あそこを見てごらん。殺し屋リス《キラースクワラル》だよ」

おなまえがこわい。どんだけヤル気なんだろうとセブランお兄様が指差したほうを見たら、枝に一瞬だけリス！　一瞬すぎてお顔はわかんなかったけど、大きいしっぽは見えた！

「んはぁ！　しっぽかわいかったです！」

「空腹でなければ襲ってこないし、ふつうのリスだったね」

そっかぁ。おなかすいてたらダメなのか。あるよね、おなかすきすぎて目が血走っちゃうこと。

森は広くて、まだまだつづくみたい。リスを発見できたあとは変わらない木ばっかりの景色。

セブランお兄様は本を読んでて、もうお外は見てない。

(馬車でご本読むのおしゃれだなぁ。僕はよっちゃうのにすごいや)

セブランお兄様のシュッとした横顔のかっこよさに納得して、また窓のほうを見たらナニカの影がしゅしゅしゅってした。

「んう？」

（いまの……犬だ！）

ちらっとしか見えなかったけど、僕は動物にはビンカンなんだ。いまの感じはぜったいに、犬！

「ぼ、ぼっちゃま？」

「フラン？」

ゴッて窓におでこつけたらびっくりされちゃった。

セブランお兄様におなかに手を回されて席にもどされる。窓にくっついたらだめってゆわれてたんだった。

が、犬を！　ワンを見せてください！

窓の外をじっと見ると、馬車と同じくらいの速さで走る犬っぽいの。

（マルチーズ！）

小型で毛がふわふわでリボンとかつけられがちな犬が集団で走ってた。前世のおともだちのおうちにいた犬だからわかるよ、色は茶色だけどあれはマルチーズだ！

「んひゅふ、かわいっ」

小型犬の全力かわいい。

「コボルトだね」

「コボルト」

お背中をセブランお兄様にくっつけさせてもらってニコニコしてたら、お兄様がつぶやいた。あれ、コボルトって魔物のおなまえの気がするのですが……。

キティも確認したらしく、確信をもって追加情報をゆってくる。

「害意は低いですが、集団になると打力が増す小型の魔物です。囲まれぬように気をつけねばならない相手です」

「魅了魔法も使ってくるし、仲間を呼ぶから戦闘に時間がかかる。あまり戦いたくないな」

そんな……そんな……

「んあー！　あんなにかわいいのに魔物だったあ……っ」

「う、うん。魔物が多い森だと言っただろう？」

そうですがもしかしたら！　僕、もしかしたらふつうにペットにできる動物をみつけたと思ったんです！

「犬、おらん……」

アスカロンにはかわいくてヨシヨシできるちいさい動物はいないんだ……。

ちょっとしょんぼりしつつ、けどやっぱりかわいいから見てるとなんかコボルトたちの様子がおかしい。

僕たちとおなじ方向にずっと走ってるから、海で船によってくるカモメみたいに馬車を追いかけてるのかと思ったけどちがうっぽい。

「一角兎《いっかくうさぎ》か」

「んえ」

セブランお兄様がうしろを見た。僕もすわり直して、うしろの窓をのぞいたら、コボルトの後方に角が生えたうさぎがいた。

「ひえっ、でっかい」

黒色のうさぎが大きい。自動販売機ぐらいある。

そのビッグうさぎがビョンコビョンコ！　ってしながらコボルトたちを追いかけてる。目が赤く光っててこわい！

「セブランお兄様、コボルトたちつかまっちゃいますっ」

「走力に差があるから、コボルトは大丈夫だと思うよ。人と同じように魔物同士でもいさかいがあるけれど、自然界はうまくできている」

冷静。

コボルトを追いかける一角兎のお顔がえぐいけど、あれかな。おなかすいてるのかな……こわ。

ハラハラして見てたけど、コボルトと一角兎の距離が離れてきたところで、僕たちの馬車とちがう方向に行っちゃったからどうなったかはわからなかったのでした。

†旅の途中

すっかり夜。

夕方にやっと森をぬけて、少し走ったら街が見えてきた。

帝国の伯爵がカンリしてる街だそうですごくにぎわってるよ。

街のなかを走ってくと冒険者っぽい人がたくさんいる。森が近いからかなぁ。大きいお荷物持ってたり、仲間同士で集まったり。行商の人も多いみたい。

そんなにぎやかな中心地をぬけると、街のいちばん奥に立派なお屋敷があった。

「今日はここに泊まる。長時間の移動をよく頑張ったね」

「はいっ」

馬車をおりたセブランお兄様が僕にお手てをさしのべてくれるから、手のひらをぺむりとのせて、馬車からぴょん！　そのまま手を繋いでなかに入る。

ガンジョーそうなお屋敷の門は僕たちの護衛が開けてくれたよ。

「セブランお兄様、セブランお兄様。お部屋はお兄様と僕でいっしょですか」

「うん？　屋敷ごと借りているから、階層は同じだけれど部屋はちゃんと別だよ。いつもどおりひとりで眠れるから安心し」

「ぐゆぅぅぅぅう」

「フランっ？」

眉間にシワがよって前歯が出ちゃう。

おなじお部屋かと思ってた。旅行だからおなじお部屋にお泊まりできると思って、僕、たのしみにしてた……！

僕のお顔にびっくりしたセブランお兄様が立ち止まってくれた。ちょうどお部屋に行く階段のまえ。

「きぞくは、じりつしてますね……」

僕はぺそぺそとバックしてセブランお兄様と距離を置く。お部屋までいっしょに行ったらもっと離れたくなくなっちゃうからね。ここでお見送りしよう。階段をのぼるかっこいいお兄様を見てから……ぅぐぅぅぅ。期待してたから心が受けいれてくれない……しずまれしずまれっ。

まばたきしないで、ふかふかの絨毯《じゅうたん》をじっと見てたら、横からそっともふもふをさし出された。

「ぼ、ぼっちゃま。こちらをどうぞ」

「狼《おおかみ》さん」

荷降ろししてたメイドが先にぬいぐるみだけ持ってきてくれたみたい。

さみしい気持ちだったから、たすかる。

狼のぬいぐるみをぎゅみっと抱きしめたら、頭をぽむんとされた。見上げると優しい微笑《ほほえ》みをしたセブランお兄様。

「んう」

「フラン。寝室は別だけれど、眠くなるまでボクの部屋においで。もしもそこで眠ってしまったら、仕方ないからベッドに運んであげる」

「ベッドに……んはっ、セブランお兄様のですか!?」

期待の気持ちで見ちゃう。セブランお兄様はなにも言わなかったけど、いたずらっこみたいなお顔で笑った。これは法の穴を突いた天才のアレ！

僕は体がよろこびにボボボボッて震えるのを感じて、抱きしめてた狼さんをさらにぎゅっとした。

「それは、それはしかたないですよね！　寝ちゃったら、しかたない！」

貴族はひとりで寝るのがふつうだけど、「ヤムをエナイ」ときあるもんね。

お兄様を見上げるとそうだねって笑ってくれる。セブランお兄様が優しくてなんか照れちゃう。僕はほっぺたがあつくなったのがわかったから、狼さんにお顔の半分を埋めて、けどお兄様のお顔が見たくてお目めだけは出した。

「僕、だいすきなセブランお兄様と旅行できてたのしいです。じゅ、じゅーじつしてます！」

「ふふ、ボクもフランと旅ができて楽しいよ。大好きな可愛《かわい》いフラン」

「んひゅわー！」

なんか心臓がバボバボバボってなってとうとう狼さんごとトッシンしたら、セブランお兄様は笑いながら抱きしめてくれたのでした。

「んぬい」

むくりと起きる。

広いベッドで左横を見ると狼さんがおなか出して寝てた。ぼわっとした頭で反対側を見てみると、そっちにはだれもいない。

「どうなったんでしたっけ……」

ぬっくぬくで寝たのはまちがいない。体がほかほかでさむくないもの。

でもわかるのそれだけ。

いつもはお目覚めパッチリな僕だけど、昨日はおつかれの限界まで起きてたからかなぁ、いまだおねむい。

まぶたがくっつきそうになったとき、ベッドが少しだけかたむいた。

「フラン。おはよう。まだ眠いかな」

「……んあ、セブランおにゅいさ、おはようござますっ」

ベッドのはじっこにセブランお兄様がすわってくれた。背後のカーテンは開いてて窓からまだうすぐらい朝日が入ってる。

寝ぼけてベロの調子がいまいちだったけど、体はすぐにセブランお兄様のほうへ動きだす。僕の意志より体のほうが早かったよ。ほんのうだね。

広いベッドのうえをお膝でもっちもっち移動して、セブランお兄様に抱きついたころにはちゃんと目が覚めてた。

「おはようございます！」

「おはようフラン」

あらためてごあいさつすると、おでこにチュッてしてもらえた。

抱きしめてもらって肩にお顔をうめてぬくぬくしてると、だんだん思い出してくる。

昨日はごはん食べて、お風呂はちっちゃいのしかなくて、セブランお兄様は「飾りのものだね」ってゆったけど、お湯沸かして入ったのだ。ふたりでお膝まげてミチミチだったけど、頭も体も洗ってもらって気持ちよかった。

そのあとはセブランお兄様のお部屋であったかいお茶を飲みながら、絵本読んでもらったり、騎士のお勉強のお話してもらったり、僕のさいきんハマってるタネひろいのお話して、そんで寝ちゃったんだ。うむ、つまりここはセブランお兄様のお部屋！

朝もぬくぬくだったのはセブランお兄様といっしょに寝たからだ。

意識がなくなる直前までお兄様がうんうんって優しいお顔してお話聞いてくれてたのを覚えております！

「お泊まり、たのしいですね！　お話いっぱいしました！」

「うん。フランの話はおもしろかった。庭園に埋めたドングリが芽を出したら教えて」

「はいっ。……あ」

ドングリはたくさん集まったからまとめて埋めたんだ。ビッグドングリになるかと思って。元気よくお返事した僕だけど、ハッとなった。

「どうしたの」

「……どこにうめたか忘れた気がします」

僕のおうちの庭園って広いし、毎日ちがうところ行ってるから、ドングリうめたトコわかんないかも……。

「ふふふっ。じゃあ兄様が休みのときにいっしょに探そう」

「！　はい！　いっしょに！」

んふふ！　帝都に帰ってからのお約束もできちゃった！

ごきげんで朝ごはんを食べたら、おじい様の領地にむかってしゅっぱつ！

おなかいっぱいのまま馬車にのってお外を見るよ。

おでかけの準備してる冒険者や商人がいっぱいいた。夜もたくさんいたのに朝も多いんだね。

「みんな、森に行くのでしょうか」

「ああ。フィードの森は資源が豊富だし、なによりも帝都に行くなら必ず抜けなくてはならないんだ。商人らはここで護衛のための冒険者を雇ったりするのだよ」

「ごえい」

僕たちの横で馬にのってる護衛のおじさんを見る。気づいてニコってしてくれたから、僕もニコってした。

来るときセブランお兄様が、春の森はまあまあ安全みたいなこと言ってたけど、護衛のおじさんがいたから安全なのだ。ゲーム『アスカロン帝国戦記』では帝国は最後におとずれるところで、森も本当につよい魔物ばっかり。

そう思ってもっかいお外を見ると、お店屋さんはお薬屋さんと武具屋さんがたくさんだし、みなさんガチガチに武装してた。にぎやかだけど、戦う人たちの街だったんだなぁ。

（ポーションとか胃薬とか、いっぱい持ってくのですぞっ）

森に行く冒険者たちとは真逆にむかう馬車から、僕がこころのなかでしっかりめに応援してると馬車が止まった。

「どうした」

「申し訳ございません、セブラン様。この先の道で騎士団が規制線を張っているようです」

「騎士団が？　ならば停車してしかるべきだね。騎士団の色はわかるか」

キセーセンてなんだろ。よくわかんないけど事件のにおい！

僕は窓にほっぺたをみっちりつけて進行方向を観察。護衛のおじさんも気を使ってちょっとだけすき間を空けてくれた。んへへ、すいやせん。

（んんー）

騎士団、いる！

黄色のヨロイをきた騎士が三人くらいと、地味なヨロイの兵士数人が、大きめな宿のまえにいた。兵士が黄色のロープ持って道をとうせんぼしてるから、あれがキセーセンらしい。

小窓から御者に事情を聴いたキティも状況をセブランお兄様にご報告してる。

「黄熊騎士団でございます。奴隷商の摘発にきたようです」

「奴隷商に黄熊騎士団が来るならば、かなり大きい事件だな。貴族相手なのか……」

ゲンバらしきお宿をじーっと見てたら、太ったおじさんが出てきた。しょんぼりしてる。あれ？

おじさんのおなかのベルト、キセーセンとおなじロープじゃない？　あの模様が流行《はや》ってるとかなのかな。

「はい。奴隷たちもそれとわからぬように着飾らせておるようですし、金をかけていますね」

「なんという……。すべて捕縛されるといいが」

おじさんのうしろからもうひとり騎士が出てきた！　騎士が持ってるロープの先がおじさんに繋がってる。つまり、

「タイホ！」

おじさん、捕まった人だっ。

「ひぁー、タイホされてる！」

はじめて見た。お宿からはさらにロープに縛られた人たちが出てきてる。あれが芋ずる式という状態ですか？　等間隔。あんなにきれいに縛られちゃうんだ。

はじめての光景に興奮でお胸が痛くなってきたから、ちょっと休憩のつもりでおイスにお背中をつけてハーとした。

「大丈夫？　フランには怖かったかな」

セブランお兄様がやんわり抱き寄せてくれた。セブランお兄様の胸元にお顔をうめると、窓にくっつけて冷たくなってたほっぺがぬくまって気持ちいい。頭をなでてもらうと、タイホにドキドキしてたのも落ちついてきた。

「安心しなさい。帝国の法を守らない者たちは、あのように騎士たちが捕まえる。悪を見逃しはしな

い。だから帝国は良い大国になっているのだよ」

「お、おむ」

セブランお兄様はそうゆってくれたけど、お返事がびみょうになっちゃった。良いかどうかはあの、これからの魔王のアレ次第ですが、帝国が大国なのはそう。お父様もお兄様も帝国のいろんなとこに行くけど、広すぎてあんまりおうちに帰ってこれないんだもんね。

「んあ。騎士の人たちが来てるんだったら、もしかしてステファンお兄様も来てますかっ？」

今日はこの街でお仕事だったとか、そういうキセキが起きたのでは！

期待をもってセブランお兄様を見上げたら、頭をなでられた。

「ステファン兄様は大部隊にいらっしゃるから、ここには来られないよ」

「そうなんですか……」

ざんねん。

ここで会えたら、もしかしたら「私もお祖父《じい》様のところへ行こう」とかになるかと思ったんだけどな。行けなくても、お昼ごはんくらいはいっしょに食べれると思った。

「フラン、そんな顔しないで。ボクも会いたいけれど、ステファン兄様はとても強くて、ただしくて、帝国になくてはならない素晴らしい騎士なのだよ。だから重要な作戦に参加なさって、帝都にいないことも多いんだ」

ステファンお兄様のことをアツく語るセブランお兄様だけど、僕とおなじでちょっとさみしそうなお顔してる。

うむ。会いたい気持ちはいっしょですね！

「ステファンお兄様かっこいいです！　僕もだいすきです！　騎士の制服とかシュッとしててかっこいいですもんね！」

「ふふ、そうだね。ステファン兄様は格好いい」

「はい！　こんどお会いしたら右と左からかっこいい！　ってゆいましょうねっ」

「さ、左右から？」

「それでぎゅっとして、みんなでお風呂に入りましょう！」

「ふっ、ははは！　そうしようか」

「はいっ」

セブランお兄様とお話ししてたらキセーセンがなくなって、馬車はふたたび順調に走りだしたのでした。

†おじい様のおうちに着！

「おじい様ー！」

小麦畑が広がる道で馬にのってるおじい様を発見した僕は、馬車の窓を開けておじい様にお声をかけた。

春になってちょっと。おじい様とお別れしてからは半年くらいはたってるから、おじい様が僕を忘れちゃってないか心配だったけど、ゆっくりこっちに馬を歩かせてきてくれたからたぶんだいじょぶ！

「フラン、外に出ようか」

「はいっ」

いっしょにのってたセブランお兄様と馬車をおりて、おじい様が到着するのを待つ。

そわそわして待ってると僕たちのまえで馬からスッと下りたおじい様がこっちを見てきた。片手に馬のたづなを持ってるから抱きつけないけど、その馬がおとなしくて大きい！　かっこいい！　みとれちゃうなぁ。

「……。セブラン、フラン、よく来た」

「お久しぶりです、お祖父様《じい》。お招きありがとうございます」

「おじい様！　おまねきありがとうございます！」

春においでっておじい様がゆってたので、春になってお父様におじい様へのお手紙書いてもらって、来ていいよってお返事もらったらすぐ帝都を出発したからね！　本当におまねきありがとうございます、なんだ。

ごあいさつして頭をあげたらうむ、ってしたおじい様と目が合った。ニコッてしたらおじい様が手をス、スス……スーって動かして、セブランお兄様のほうに行くとみせかけて僕の頭に着地させた。そのままゾムリ、ゾムリ……ってなでてくれる。えへへ、おじい様になでてもらうの半年ぶり。お目めをほそくして頭を押しつけちゃう。

「んふふふ」

「……。背が伸びたか」

「！　ほんとうですか!!」

それは重要なお話ですよ！

たまにお部屋の壁に立ってキティにはかってもらうけど、先週は変化なしでガッカリしたんだ。でもそのあとからゲキテキに大きくなってしまったのでは!?

バッてうしろにひかえてるキティを見たら、スィー……って目をそらしてちょっと頭を下げた。むむ、どういう反応なんだね、それは。おとなりに立ってるセブランお兄様のほうも見たら、セブランお兄様も視線をふわっとさせたあとニコッてして僕を見た。

「そんな気もしますね」

ほほう！　やっぱりそうなのかな!?　あとで背をはからなくちゃ！　決意して鼻息を荒くしてたら、おじい様が馬にのった。

「……。おまえたちのお祖母様《ばあ》が屋敷で待っている」

「ああ、午前中には着くと先触れを出しましたから、お待たせしてしまっていますね。フラン、さぁ馬車に戻ろう」

「あい！　おじい様もいっしょに行きましょうね！」

「……うむ」

僕は馬車の小窓からまえを見る。馬にのったおじい様が走ってて、おじい様の姿勢がピンってしててかっこいい！

騎士祭でステファンお兄様も馬にのってたのを思い出す。

「んはぁああ。セブランお兄様、おじい様かっこいいですね！」

「そうだね、おいくつになられても壮健でいらっしゃる」

しばらく見てたけど、道がガタガタしててあぶないよってゆわれたから、ベモッとセブランお兄様のおとなりにすわった。

帝都より道が土っぽいし、窓のお外は小麦畑とか果実の木がならんでてとてもイナカ感があります！

「セブランお兄様！」

「うん？」

「おじい様のおうちたのしみです！」

ワクワクしてる僕に、ふふって笑ったセブランお兄様も「そうだね」って言ってくれた。

おじい様のおうちは僕のおうちより大きかった。もはやお城って感じ！

「……」

「フラン、お口があいてるよ」

馬車からおりてポカンとしてたらセブランお兄様にアゴを支えられた。んあ、すみません。

「うふふふ、田舎にしては立派でしょう」

優しいお顔で笑うのは僕のおばあ様、だと思う。見られてたのが恥ずかしくて、さりげなくセブランお兄様の陰にかくれてカンサツ。

僕、おばあ様に会ったことないけど、おじい様がおとなりに立ったから、たぶんおばあ様で間違いないよね！

「お祖母様、ご無沙汰しております」

「ええ、ええ、あなたはセブランですね。元気そうでよかったわ」

ゆったり歩いてきたおばあ様とセブランお兄様がハグしてほっぺをスリッてした。すごい、外国式のごあいさつだ……。映画を見てる気分でながめてたら、すぐに離れたおばあ様は、つぎに僕のほうをむいた。

「赤ちゃんのとき以来ですね、覚えているかしら……？」

お、おおぉ……ストレートに聞かれちゃった。僕、前世は覚えているのに赤ちゃんのときの記憶はないんです。

おばあ様っていうはじめての存在にちょっともじもじしちゃう僕。

「あら、恥ずかしがり屋さんなのかしら」

「フラン、お祖母様にご挨拶を」

セブランお兄様が背中に手をあててくれて、お耳にそうっとゆってくれた。

ごあいさつしなくちゃ。僕はちょっとキンチョーしながらおばあ様を見上げた。

「んと、フラン7歳です！　おばあ様、お世話になります！　よろしくおねがいします！」

「まあ！　うふふっ、はい、よろしくお願いします、フラン」

おばあ様が屈《かが》んで僕を抱きよせてほっぺにほっぺをくっつけてくれた。

「えへへ……」

おうちではお兄様たちとチュってしてるけど、こうゆうごあいさつもおしゃれだね！　なんだかキンチョーがとれた！

こうしておじい様のおうちで過ごす春がはじまったのでした！

†温泉に行こう！

馬がカッポポ、カッポポって足音立てると僕も揺れておもしろい。僕、はじめて馬の背中にのっております！

「……。怖くはないか」

「はいっだいじょぶです！」

「フランはあまり物怖《ものお》じしないね」

うしろにのったおじい様が支えてくれてるから落ちる心配なし！　おとなりには馬にひとりでのれるセブランお兄様が並走してるし、不安などなにもないのだ！

おじい様のおうちについてちょっと休憩したら、おじい様が温泉に行くかって聞いてくれたから、さっそく行くことにした。

温泉は山のふもとにあるらしい。馬車で行ってもいいけど馬のほうがはやく着くって聞いて、なんとなく馬にのってみたいなぁってつぶやいたらおじい様が用意してくれたんだ。

「このお馬はさっき会ったお馬ですか？」

にゅいん、ておじい様を見上げて聞く。おひげふわふわだ。

「……。うむ。ロンスフェルという」

「ろんすへ、ロンスフェル。つよそうです！」

「……そうか」

おじい様のおひげがモニっとした。

ロンスフェルは首が太くてかっこいいのに、さわるとスベスベで気持ちいいし、僕をのせるときもおとなしくしてくれてた。いいなぁ。お馬、あこがれる。

「フラン、馬車が見えたよ」

「あっ、ほんとだ！　追いつきそう！」

メイドたちは先に馬車でしゅっぱつしてご用意してくれてるんだけど、そのうちの最後にしゅっぱつした馬車に追いついたみたい。

横を通りすぎるときに御者に手を振ったら、御者も帽子をとってごあいさつしてみせてくれた。

「んふふっ、たのしいですね！」

「ふふ、良かったねぇ」

カポポって馬が走ると風がお顔にあたってさわやか！

ずっとのっててもたのしいと思ったけど、気づいたらもう温泉についたみたい。いや、おじい様はまだついたよって言わないけど、あれはぜったい温泉だ！

「湯気がもくもくしてます！」

「……うむ、あれが例の湯だ」

「んはあああ！　すごいっ！　わいてる!!」

真っ白な湯気がモクモクモコモコ出てる！　なんかもう、いま！　沸いてます！　なライブ感がすごい！

近くまで来たらメイドたちが待っててくれた。おじい様に馬から下ろしてもらって、そわそわ。うううぅー走りだしそう！

おじい様がロンスフェルを使用人におまかせして、歩きだしたので僕もおじい様の指をしっかりつかんで、小走りしないでおなじはやさで歩く。

緑色のさわやかな山のふもと。目のまえには小さいけどおしゃれな丸太のおうちがひとつと、岩がつんである以外はなにもない。

「お疲れ様でございました。ご入浴の準備は整っております」

おじい様付きのメイドがお迎えしてくれたところで、僕のコーフンが限界をむかえた。

おじい様の指をきゅううってつかんでセブランお兄様を振り返る。

「はっはいりましょう!!」

はよ！　はよ！

使用人に馬をあずけてるセブランお兄様をついつい急《せ》かしちゃう。

「ふふ、おまたせ。ああ、汗もかいたから気持ち良さそうだね」

「はい！」

おとなりに来てくれたセブランお兄様のお手てもギュッとして見上げた。あっ僕、捕まった宇宙人みたいなポジションだ。

「……うむ。ではゆっくり楽しむといい」

「あいっ、行きましょう！」

せんえつながら、真ん中にいる僕がお風呂までひっぱりますね！　なぜならこういうときオトナは行動がゆっくりって決まってるからね！　僕ははやく見たいのです！

ぬぬぬ！　おじい様の足がおもい！

「……。フラン、私はよいぞ」

「ふぁっ！　なんで!?　おじい様もごいっしょです！」

「だが」

「お祖父様《じい》、温泉は広いと伺いました。お嫌でなければお祖父様もともにお入りください」

「お入りください！」

バッて見上げて、しっかりおねがいする。

ちょっとおひげをモニモニさせてたおじい様は、セブランお兄様と僕を交互に見て、うなずいてくれた。

「……うむ」

「ふふっ良かった。フラン、お祖父様もご一緒してくださるよ」

「よかったです！」

では！　ぐいぐいぐい。ふたりをひっぱっていざモコモコの湯気が立つ温泉へ！

「はっはわぁあああ！　白い！」

「本当だ。きれいだね」

岩のすきまから温泉をのぞいたら白いお湯が池みたいにたっぷりあった。

「ぼっちゃま、お着替えはこちらです」

温泉のはしっこに東屋《あずまや》があって、僕たちはそこでお洋服をぬがせてもらう。

僕は温泉を囲むみたいにしかれた石畳のうえでメイドにお湯をかけてもらってステイ。

セブランお兄様とおじい様がお先に入って、お湯の感じをカクニンするまではだめだってゆわれたからね。

そわそわ。そわそわ！

「……うん。フラン、いいよ。おいで」

「ぅあい！」

いそいそ近づいたら、セブランお兄様が手をさしのべてくれた。エスコートしてもらって白くて底が見えないお湯にちゃぷん！

「ふぁー……っ」

温泉のときはいつもステファンお兄様かセブランお兄様のお膝にのせてもらうから、セブランお兄様のお膝にごえんりょなくのせてもらって肩まで入ったらお口がかってにひらいちゃう。

「お顔が涼しくて、体があったかくてきもちぃです」

「そうだね」

おじい様のほうを見たら、おじい様も気持ちよさそうにつかってる。お着替えのときお体にいっぱいキズみたいのあったけど、シミてなさそうでよかった！

「おじい様」

「……うむ」

「温泉きもちぃです！　ありがとうございます！」

うむってしたおじい様のおとなりに行きたくて、セブランお兄様とススススって近寄ったら、おじい様がセブランお兄様と僕の頭をちょっとだけなでてくれたのでした。

†ご領地めぐり〜ご近所のみ〜

今日はおじい様がお仕事で朝からいなかったので、セブランお兄様と馬車でご領地めぐりしてみようってなりました。

お屋敷をでたけど畑がずーっと広がってて、まだまだ町につかない。

「おじい様の領地は広いですね」

「ああ。海のほうまでずっとご領地なんだよ。畑に、山に、海。お祖父《じい》様だからこそ治められるのだと思う」

「ふはぁー海まで！」

規模が大きすぎてじょうずに想像できないけど、きっとすごいことだ！

「んあ、領民さん」

とおくに林が見えるひらけたところで、領民さんたちが立ち話してた。僕たちの馬車に気づくと、道を開けるようにして避《よ》けてくれる。

「降りて挨拶しようか」

「はいっ」

領民さんたちの少し手まえで馬車をとめる。

セブランお兄様が先におりて僕に手をさし出してくれるから、支えてもらってピョイと地面におり立つ僕。

「皆、少しいいだろうか」

「こんにちは！」

ごあいさつすると、領民さん四人はあわててお帽子をとって頭を下げた。

「ぼっちゃま方、お声をかけてくれるとは、なんて畏れ多い」

「ははーっ」

ははーって言われた！

時代劇でしか聞いたことなかったけど、実際にゆうんだなぁ。

「そんなに畏《かしこ》まらないでほしい。今お祖父様のご領地を見てまわらせていただいているんだ。あなた方はどんなお仕事をされているのだろうか」

セブランお兄様の声ってすごく優しいから、領民さんたちも安心したみたい。

「私たちは木こりです。林の木を切って加工します」

「幻想欅《けやき》が育ちましたので、伐採と植栽の話をしておりました」

木こり！　木こりさんって初めて見た！

ふおおってしたらセブランお兄様が笑った。

「帝都では少ない職業だね。幻想欅は希少な樹木だよ」

「げんそーけやきってなんですか？」

セブランお兄様が領民さんたちに目で合図すると、領民さんたちが教えてくれました。

「幻想欅は魔法を跳ね返す力のある木でして、盾や馬車に使われます。ここで採れる木材はたいへんに質が良く、ふつうの何倍もの魔法に耐えるのですよ」

「提督の船にも使われておりまして、その強靭《きょうじん》さはさすがトリアイナだと。帝国の海は提督の船でこそ護《まも》られるのだと言われたこともあります！」

「もちろん材木の効果だけじゃなく、提督が、提督の素晴らしい采配があってこそです！」

「あ、ああ」

領民さんのテンションがあがっていく。

セブランお兄様は引いてるけど、僕にはわかるぞっ。

「領民さん、おじい様のことが大好きなんですね！」

気持ちがわかる僕、にっこり。僕もセブランお兄様のお話しようとすると止まんなくなるからね！

「は、ははーっ」

領民さんたちはお顔を赤くして、でもうれしそうにおじきしてくれた。んふふ、同志たちよ！

通じあった僕たちに、セブランお兄様はお目めをぱちぱちしてる。

「僕もセブランお兄様のことお話するタイミングあったら、いっぱいゆいたくなります。やさしいこととか、アップルパイいっしょに食べてくれることとか、いつもお手てつないでくれることとか！

大好きなのでとまらなくなるんですよ！」

ね！　って熱く語って領民さんを見ると、領民さんもお付きの護衛のおじさんたちもやさしいお顔してた。うむ。伝わっておりますな。

お胸をはってセブランお兄様を見ると、セブランお兄様は片手でお顔をおおって、それからはぁと息をついて、僕を抱きしめてくれた。

「ボクも……ボクもフランのことが大好きだよ。ありがとう」

「ひゅふっ」

なんでお礼ゆわれたかわかんないけど、僕の大好きが伝わってよかったです！

領民さんとお話してたらあっという間にお昼になったので、ご領地めぐりはおしまい。おじい様の領地広いって実感する僕なのでした。

†野生の一角兎

温泉、何回でも行けちゃう。

露天風呂って、朝もお昼も夕方もたのしめるすごいお風呂なんだよ。入ろうって思ったときが、入りどき。無限お風呂なのだ。

「ふんふ～ん、ぱっぱんー、おーふろ～ふろー」

「ぼっちゃまのご機嫌が麗しく、とても嬉《うれ》しく思います」

「んへへ」

馬車に揺られながら鼻歌でちゃう。お屋敷からちょっと遠いけど、ぜんぜん気にならないよ。むしろ期待が高まるまである。

セブランお兄様はおじい様についてお仕事の見学に行ってるよ。

馬車には護衛がついてるけど、おじい様の領地のなかだから少なめ。でもメンバーがすこしちがう。

「キティ。あの騎士さんたちのヨロイもかっこいいね」

「トリアイナ家の由緒あるデザインでございます。大旦那様のご引退とともに帝都では見られなくなりましたが、騎士の憧れでございますよ」

「へはぁ」

おじい様のところの兵士が護衛に来てくれてるんだけど、僕のおうちの護衛とはデザインもちょっとちがう。僕のおうちのは真っ黒だけど、おじい様のところはところどころ鉄感がある。シブい。おじい様が帝都にいた昔はトリアイナ公爵はあのヨロイだったみたい。

お城の騎士になるのがいちばんだけど、貴族のおうちの専属騎士も人気なお仕事で、お城を抜かしたらトリアイナ家は強い人たちが行きたいおうちナンバーワンなんだって。鉄色のヨロイも、いまの真っ黒なヨロイも着たい人多いらしい。

んふふっ。お父様もお兄様もつよいからね！　あこがれちゃうよね！

「んー」

おじい様の騎士さんは先頭にいるから、窓にほっぺをぎゅっとしないと見れない。

うむ。うしろ姿だけど、やっぱり鉄色がかっこいい。これはあこがれる。

「んー」

ま横を走ってるいつもの護衛のおじさんのヨロイは黒。うむ！　こっちもかっこいい。

(甲乙つけがたし！)

まじまじ見てたせいで目が合ったからニコッてしておきますね！

そうやって温泉までのんびり走ってたんだけど、護衛たちがフォーメーションを変えた。鉄色と黒色のヨロイが片方に集まってくる。

「んう?」

「ぼっちゃま、窓からお離れください。魔物が出たようです」

「ふぉっ、はい！」

万が一のとき、馬車はなかから木窓を閉めて防御力あげれるようになってる。すぐ閉めれるように僕はぱって窓から体を離した。

真っ暗になっちゃうからほんとうにアブナイときだけ閉めるんだけど、まだ閉められずに開いてる。キケン度は低いのかな。

うぐぐ、こうなると僕のやじうまが動きだす。おじい様の領地で魔物みるの初めてですし。

どんなんかなーって体をアッチにしたりコッチにさせたりゆらゆらして、どうにかヨロイのすき間をねらう。

(あっ、見えた！)

ちょっと先の林をうさぎがもっちもっちって歩いてた。大きいから遠くからでもわかる。なんたってうさぎ、自販機のサイズだったからね。

「一角兎だ！」

覚えたばっかりの魔物だからおなまえゆえちゃうのだよ。

帝都を出たばっかりのときに見た森でコボルトを追いかけてた姿は忘れられない。

「これだけ距離があれば問題はありませんが、念のために陣形を変えたようです」

ほほう。たしかに一角兎の走るスピードはそんなに速くなかったもんね。

それでは、ってあらためて林にいる一角兎を見た。一匹かと思ったけど林の奥に何匹かいるから群れみたい。茶色いから林に紛れて気づかなかった。

(んう？)

あの一角兎たち、黒くない。

「キティ、一角兎っていろんな色してるの？」

「いいえ、ぼっちゃま。一角兎はみな、あのように茶色をしております」

「帝都から来るときに見たうさぎは黒色だったよ」

キティは思い出すようにちょっと首をかしげ、首を振った。

「木陰のせいではないでしょうか」

「んあ、そっか」

森のなかだったからか。なっとく！

茶色い一角兎はこっちにこないですぐ林のなかに戻ってったから、護衛たちももとの位置について安全宣言。僕も窓にくっついていいってなったので、ふたたびお外の観察をつづけたのでした。


「おひるの露天風呂だー！」

お湯のうえをもくもくの湯気がながれていく。

はだかんぼになって、準備ができるのを待ってる僕です。待ってるけどワクワクがとまらない。どうして露天風呂ってこんなに、こんなに……！

メイドがお湯のあつさをたしかめてくれて、いいよってなって、いよいよ僕は足をお湯につけた。

「んはぁ。気持ちいい」

おじい様の領地は帝都よりちょっとだけ寒い。

気づかなかったけど待ってるうちに足のさきっぽが冷たくなってたみたいで、お湯につかるとしびれるみたいにぬくぬくしてくる。ゆっくりしゃがんで肩まで入ったら、ちょうどいいあったかさに「ンハーッ」て息出ちゃった。

「ずっといられるなぁ」

僕、ここになら住める気がする。あとはおふとんとアップルパイを置いといてもらえたら、僕はもうじゅうぶん。

もくもくの湯気。

「…………」

快適な温泉。

「森のなかでも茶色はまっ黒じゃなくない……？」

お湯のこと考えてたのに、ポツンとお口から出ちゃった。

考えないようにしてたけど、頭に浮かぶのは黒いモヤモヤ。

森で見た真っ黒な一角兎。

「んう～っ」

やだなー！　認めるのやだなー!!

けど、いま思い出してみてもコボルトを追いかけてた一角兎は黒色だった……。

みんなには茶色に見えてて僕には黒く見えてるって、たぶん魔力のせいだ。そんで黒い魔力は、黒いモヤモヤのせいかも。

黒いモヤモヤは魔王のこと思い出すから、ほんとは見なかったことにしたい。でももし魔王から出たモヤモヤだったら大事件ですし……。

「お兄様にゆわなくちゃぶぶぶ」

お風呂にお口までしずむと、首のうしろっかわが冷たくなってたみたいで、じんわりしちゃう。

(もどってからゆお)

いまは温泉の気持ちよさに、僕はちょっとだけ油断することにしたのだった。

†おばあ様とお兄様

「んうううう―」

玄関で眉毛をよせる僕。

おはようございます。朝です。

黒いうさぎのことをセブランお兄様にゆう！　って決めたのがおととい。

昨日はお兄様があそんでくれて、追いかけっこしたあと温泉にいっしょに行って、おいしいリンゴジュース飲んだら、いつの間にかゆうの忘れちゃってた。

「忘れたままでいたかった……」

セブランお兄様のお部屋に行くため長い廊下を歩いてる。

朝、僕のお部屋から野うさぎが見えて思い出した。

うさぎといえば黒いモヤモヤ。黒いモヤモヤといえば魔王。魔王といえば悪役で、つまり僕が悪役になるフラグなのだ。

魔王のいるっぽかったお城のおイスは爆破したけど、ようく考えたら魔王を倒したわけじゃないもん。もにょもにょ出てきた魔王のザンシとかいう「カケラ」をやっつけただけ。

あのカケラだって、お城のはたまたま見つけただけで他にもいろんなとこにあるのかもだし、帝国は広いからぜんぶなくなったってたしかめられない。ぜつぼう。わりとぜつぼうのやつ。

(モヤモヤに当たると、みんなワルイ人になっちゃうからなぁ)

なんか悪意のカタマリになるっぽいんだよ。幻聴とかも聞こえるっぽい。

それが魔物に当たったらどうなるんだろ。

フィードの森の一角兎を思い出してみる。真っ赤なお目めでコボルトを追いかけてた。

（……サツイのカタマリ）

おなかすいてた説もあるけど、ゲームで勇者と戦うモンスターってとにかくサツイがＭＡＸなんだよね。

そんなモンスターが森いっぱいになって、帝国も悪の帝国になって、お父様もお兄様も、そんで僕も悪役になったら……。

「じ！　えんど……！」

想像したらお膝からべムンってくずれた。廊下にしかれたふかふかな絨毯に両手もついちゃう。

……うむ。ふかふかだ。

「フラン。おはようございます。眠くなってしまったかしら」

やわらかい絨毯にちょっとだけ癒《いや》されてたら、奥から歩いてきたおばあ様にみつかった。

絨毯に倒れてた体勢から、そーっと立って、お背中ピンってするまでおばあ様は何もゆわないで見ててくれたから、僕もなかったことにして元気にごあいさつしてみた。幻覚だって思ってくれてたらいいなぁ。

「おはようございます、おばあ様！　僕、セブランお兄様とお話したくてお部屋に行こうとしてました」

「あら。セブランは旦那様と視察にでかけてしまいましたよ」

「んえ！　もういないんですか」

「ええ。午後まで戻らないと思うわ」

セブランお兄様まじめだものね。

「シサツかぁー」

仕事ならしかたがないね。お兄様にうさぎのこと伝えるのも遅くなっちゃうけど、もうそれもしかたない。帰ってきたらお伝えできるようにがんばって覚えておこ……！

ほむ。そしたら今日はなにして遊ぼうかな。おひとりである。

廊下の真ん中でうう〜んて悩んでたらおばあ様が声をかけてくれた。

「フラン、よろしければおばあ様と遊びましょうか」

「！　あそんでくれますかっ」

「ええ。絵本を読んであげましょう」

「んふわー！　ありがとうございますっ」

絵本よんでくれるって！　うれしいっ。

僕はいそいそとおばあ様の横に立って、にこにことおばあ様を見上げる。おばあ様は扇子でお口を隠して笑うと、そっと手を出してくれるので遠慮なく繋がせていただきました！

白い家具でコーディネートされたオシャレなサロン。オシャレなとこって床もフカフカなのを知っていたかね！

おばあ様がゆったりとすわった窓辺のおイスの下で、床にペタンとすわっておばあ様のお手元を見つつ絵本をたのしんでいる僕。

「こうして、海の人魚は魔女になったのでした」

「ほあーっ。かっこいい人魚でした」

「ふふ。ええ、いまも海を旅しているのでしょうね」

パチパチパチ。僕のおうちにはなかった海のお話の絵本。海のお話だと船とかお魚が出てくるからすごくたのしかった！

七つの海を手中に収めようとした人魚は海賊をボコボコにしたあと魔女になっちゃったんだって！かっこいいなぁ。

「おばあ様。おじい様もおふねもってるから海の旅行しますか？」

「いいえ。領地のお仕事が多くて近頃は海に出られていません……きっとおさびしいと思っていますね」

「んー」

ざんねん。

おばあ様もさみしいと思ってるのかな。ちょっとしょぼんとしてる。きっとおじい様もお船のうえのほうが好きなんだ。お船ってたのしそうだもんね！

ゆっくりたたんだ絵本をメイドに返して、おばあ様がおイスの下の僕を見る。

「さぁフラン。つぎは何をしましょうか。フランは男の子だから外で遊びたいかしら」

「おばあ様、僕、わりとインドアでして。おうちであそぶのも好きです」

「あら。オディロンは外が好きだったから意外ですね」

わかる。お父様ってお外好きそうだよね！

僕もお外であそぶの好きだけど、虫取りとかはおばあ様といっしょにできないし……。そもそもおうちのなかで遊ぶのもほんとに好き！　お茶飲んでみんなでお話したり、お絵かきしたり。あと居心地のいいソファにべろんって寝ながらボンヤリしてると一日おわってたりもするんだよ。

「んは！　そうだっ」

見せたいものあるんだった！

僕はぴゃって立って、おばあ様からよく見えそうで広い場所に仁王立ちになった。

「騎士祭でセブランお兄様がすごくかっこよかったんですっ。僕、それを再現できるのでやりますね。見ててください！」

「まぁまぁ。それは楽しみですね」

たのしみだって!!

僕は帝都で練習した「騎士祭のときのセブランお兄様がかっこよかったところベストテン」を張りきって披露したのでした。


「こうで、こう！　おばあ様、こうです！」

「フフフフッ、まぁすごい。もう一度見せて」

「はい！　こうの……こう！　で、セブランお兄様がえいってしたから、相手はうわーってなりました！」

いったん休憩をはさんだりしつつ、いま、ついにお兄様かっこいいとこベストスリーを発表中です！

お部屋のなかで剣を振り回したらあぶないからエアーでやってるんだけど、伝わってるかなーあのオシャレだったシュッてところ。僕がもういっかいやってみせると、おばあ様がゆったりと手を叩《たた》いてすごいすごいって言ってくれる。

そうでしょう！　セブランお兄様はすごいでしょう！

「セブランは勇敢ですね」

「はい！　セブランお兄様はかっこいいですっ。優しいし、騎士祭でもステキってみんなゆってました。いちばんかっこよかったです！」

僕が言いきると、ちょうどおじい様とセブランお兄様が帰ってきてサロンに入ってくるところだった。セブランお兄様はお手てでお口を隠してる。

「……………うむ」

「フラン……」

「旦那様、セブラン、おかえりなさいませ。いまフランが騎士祭のことを教えてくれていますのよ」

おばあ様が、僕が発表した騎士祭でかっこよかったセブランお兄様のことをふたりにお伝えしてる。

「あっあっ、待ってください。もっとかっこよくやりなおします！」

正直、ベストスリーからがむずかしいんだ。かっこよさが上手にできてるかもうすこし練りたいところもあるし、お兄様本人もいるし！

「こうからの！　キラッてさせて、こう！　こうです！」

おばあ様は拍手してくれるし、おじい様もうむってしてソファにすわってくれたから、僕は一位までをみんなにしっかり披露したのでした。


おじい様おばあ様、それからセブランお兄様に騎士祭の再現をしてみせて、たくさん褒められた僕は大満足な気持ちでサロンを出ました。ちょっと疲れちゃったからセブランお兄様に手を繋いでもらってます。

「ふはあーいい汗かきました」

「ずいぶん長くやっていたようだね」

「はい。なっとくのかっこよさになったと思います」

「そ、そう」

キリッとして言う。今日の出来は会心のやつでした。

僕も使わせてもらっているお部屋にもどり、お兄様が清浄魔法をかけてくれる。

お兄様もお外の視察からもどってお着替えしなくちゃいけないから、お礼をゆう僕の頭をポンっていっかいなでるとそのままお部屋を出ていこうとした。

お兄様のお背中を見送りながら、なにか忘れてる気がしてならない僕……。

「んあ！　セブランお兄様！」

うさぎ!!

すんでのところで思い出せた僕は、もう扉をくぐろうとしてるお兄様を走って追いかけた。お背中にミュイッてくっつくとセブランお兄様が笑いながら振り返ってくれる。

「どうしたの」

「あの、あの……」

僕のひっしなお顔を見たお兄様は「おや？」として、それからまた手を繋いで自分のお部屋に連れてってくれた。セブランお兄様がお着替えをするまでソファにすわって待たせてもらう。紅茶とかおやつとか出してもらったけどいまは食べられる気がしない。

お部屋着になったお兄様が僕のおとなりにすわってくれるので、僕は意を決して告白することにした。

「来るときに森で見た一角兎、黒いモヤモヤがついてた気がします。コボルトを追いかけてたあのうさぎです！」

「黒いモヤモヤ。それは……城で見たものと同じかい？」

「はい。見まちがいかもだけど、黒く見えました……」

世の中にある呪いがぜんぶ黒いモヤモヤなのかも。だからお城に出た兵士さんたちをおかしくした黒モヤと、うさぎの黒モヤがいっしょかはわかんないんだけど。

でも呪いってきっとよくないことだと思う。お兄様たちからもなにかあったら伝えるようにゆわれてたし！

（うう、でも証拠ない……）

僕が見ただけで、他にはなにも確証がないことをゆってるのがわかるから不安になってきた。

そろそろとお兄様を見上げると考えこんでる。

「ボクにはふつうの一角兎に見えていたけど、フランの目に黒く映っていたなら、呪われていたと考えるべきだね。ありがとうフラン、よく言ってくれた」

ハの字に下がった僕の眉を見て、セブランお兄様は微笑んでおでこにキスしてくれた。よかった、信じてもらえたみたい！

「あの、呪われたらみんなまたへんになっちゃいますか？」

「そうとも言いきれないかな。城の呪いは特殊だったけれど、じつは自然界にも呪いはよくあるのだよ。魔物が使ったり遺物に呪詛《じゅそ》がかかっていたりね」

自然界にあるのかぁ。魔王だけが黒いモヤモヤ出してるのかと思ってた。

「大抵のものは幻聴などなく、倦怠《けんたい》感が増すだけの呪い効果だ。教会ですぐに祓《はら》えるし、放っておいて治るものもあるのだよ。だからそんなに心配しなくていい」

「んん」

「ボクも帰路では注意して見てみよう。帝都に戻ったらステファン兄様にもご報告して、兎一匹だけならばすぐに解呪にまわってくれるはずだよ」

「おはやい！」

「うん。騎士たちは民の安全のために動いてくれるからね」

お兄様が胸を張って教えてくれるから、きっと大丈夫なんだって思えた。帝国の騎士は優秀！　ステファンお兄様もすごくつよいもんね！

セブランお兄様にもご報告できて安心した気持ちになる。

（……でもひとりでいたら、また不安になりそう）

ネガティブなとこが出ちゃいそうになってあわてて首を振った。

ちょっとだけ情緒不安定な僕。と、セブランお兄様が横から抱き寄せてくれた。

「明日はボクも、フランと遊ぼうかな」

バッとお顔を見上げたら、僕の不安なんかお見通しみたいに、優しいお顔のお兄様。いっしょにいてくれるってわかっただけでもすごく安心しちゃう！

「いっしょ、いっしょにいてくれますかっ？　じゃあじゃあ、あの、虫さがししたいですっ」

「ふふ、わかった。虫を探そうね」

「んふぁー！　たのしみです！」

セブランお兄様にぎゅっと抱きつくと、僕のお胸のモヤモヤしたものはパッと消えたのだった。

†おじい様たちとのお別れ

玄関に立つ僕。ぎゅむっと唇を噛《か》んで地面を見てる。

「虫とりしてからにします」

もう帝都に帰る準備をすませたメイドやおじい様のおうちの使用人たちがおろおろして僕たちを見てた。

両足に力を入れてぎゅって立ってる僕の横に来たセブランお兄様が、困ったように僕のお手てを握ってくれる。

「フラン、もう馬車に乗る時間だよ」

いつもはうれしいけど、いまはそうじゃない。まだ帰りたくないんだもん……っ。セブランお兄様のお手てをぎゅっとはしたけど、でも、でも。

「おっ、おじい様とっ、虫とりしてからにします……っ」

お鼻の奥がツーンとして声もじょうずに出せない。

お兄様が困ってるのわかるけど、でも動きたくない。

つやつやに磨かれたエントランスをまばたきしないでじっと見てたら、コツコツとやってきたおじい様のお靴が目に入った。

「……。フラン」

「ふぎ……っんぐ……」

おなまえを呼ばれたら泣きそうになっちゃう。帰れってゆわれちゃう。

もう目がしょぼしょぼなんだけど、涙がぽろぽろってしないように目を見開いてがんばる。と、おじい様がセブランお兄様のお手てごと大きい手で包んでくれた。

「……お祖父様《じい》」

セブランお兄様の戸惑った声。

もうお鼻もぐしゅぐしゅになっちゃったままでおじい様を見上げると、おじい様がおひげをもにょ……とさせて、うなずいてくれた。

「……虫をみつけてくるか」

「っぁい！」

僕がお返事するとセブランお兄様がすこしだけ笑った気配がしてお手てが離れてった。さみしくなっちゃったけど、そのかわりおじい様がお手てを繋いでくれる。

おじい様に手を引かれてエントランスからお外に出た。馬車の横を抜けてすこし行くと大きくてキレイな庭園が広がってる。春だからたくさんのお花も咲いてて、ほんとうのお花の香りもするんだよ。僕はいまお鼻詰まってるから嗅げないけど。

「ふぇ……へぶ……っ」

「……春の蝶《ちょう》だ」

「ちょうちょ……っんく、ちょうちょ見ます」

おじい様が教えてくれたとこでひらひらと飛んでるちょうちょ。ピンクと黄色のきれいな色してる。

ルピナスのお花のまわりをゆったり飛んで、さきっぽにとまった。

「あの色は、春にしか見られぬ」

「……っん」

「秋になると茶色く変わるのだ」

「へんしんするのですか……？」

「そうだ」

見上げると、涙でべそべそのほっぺをハンカチで拭いてくれた。

「そしてまた春に、あの色で飛びまわる。私たちはそれを見て春を感じるのだ」

「……んず」

またお鼻で息できないけど、ちょうちょ見てたら落ちついてきた。おじい様とお手てを繋いで、つぎのお花に飛んでくちょうちょを眺める。

「フラン」

「あい」

「私は晩夏にまた帝都へ行こう。フランの好んだショコラケーキを持って行く。ともに茶を飲もう」

おじい様は秋になったら来る。おばあ様は領地にいてこない。

来年にまた会えるってゆってくれたけど、いまは、いまはお別れしなくちゃいけない。

「お茶、のみます……っさみし、です」

「……うむ」

「ふぅ……っううぅー！」

「……うむ」

がまんしてたけどダメだった。おじい様のおなかにくっついてどうしても泣いちゃう。帰りたくないよぅ。

おじい様が、ゾム……ゾ……てなでてくれるのを、僕はヘグヘグと泣きながら感じたのでした。


ちょうちょがどこかへ行っちゃった。そうしたらもう帰らないと。


「フラン」

「セブランお兄様……」

おじい様と馬車まで歩くとセブランお兄様が心配そうなお顔で待っててくれた。おじい様を見上げると、おじい様はうむ、としてお手てを離してくれた。

セブランお兄様まで走るとすぐに抱きしめて、おでこにチュってしてくれる。お手てを繋いでもらうと安心する。

僕はおじい様とおばあ様を振り返ってぺこりとした。

「おじい様、おばあ様、ありがとうございました。また……っまた来ますので！」

「春のあいだ、お世話になりました。お祖父様、お祖母《ばあ》様、どうか息災で」

「ええ、ありがとう。セブラン、フラン、また来年に待っていますよ」

「……うむ」

おじい様とおばあ様が寄り添って僕たちを見つめてくれる。また目があつくなっちゃったけど、もう泣かないのだ僕は！

セブランお兄様といっしょに馬車にのり、窓にお顔をくっつける。

「つんぐぅ。さようなら、またぁあー！」

窓からブインブイン手を振るとおばあ様も手をあげてくれて、おじい様はおひげがちょっと動いてた。

ガタガタ走る馬車はおじい様のお屋敷からどんどん離れて、もうおふたりの姿も見えなくなっちゃった。

「へぐっ……」

「フラン、領民たちだ。見送ってくれている」

農道には領民さんがお帽子をとっておじきしてくれてた。

「んんんんっ、手ぇ振ります！」

「うん。そうしなさい」

領地を出るまではずっとつらかったけど、つぎの街で一泊して、また馬車で走って、途中でセブランお兄様がおやつ買ってくれたりしているうちにだんだんテンションがもどったよ。

帝都に帰ったらおじい様たちにお手紙書こうね!!

†雨上がりの帝都は走りづらい

帝都まであと少しなので、行きにもお世話になった伯爵の街にお泊まりしました。フィードの森をぬけたらもう帝都だ。

使用人たちがお荷物の整理してて、僕はお外でステイ中。お屋敷で待っててもよかったけど、今日は晴れていますしね！

「ぼっちゃま、お支度整いましてございます」

「はぁーい。ちょっとまってぇー」

支度がおわったってお知らせは、あとは僕とセブランお兄様が馬車にのればしゅっぱつできるよっていうこと。

でも僕はお屋敷の路肩でしゃがんだまま動けないでいた。だって目のまえにはナゾの虫がいるんだよ。ちっちゃい体で逆立ちして石ころみたいのを足で蹴ってるの。どうするつもりなんだ。なんでさかさまなの。

「フラン、出発するよ」

「ぅあい」

とうとうセブランお兄様まで僕を呼びに来てしまった。僕はお返事するけどまだまだ虫から目を離せないでいた。ゆくすえがわかるまで、もうちょっとお待ちいただきたく……！

しゃがんでる僕のおとなりに来たセブランお兄様もお膝に手をついて屈《かが》んでくれる。

「どうしたの」

「この虫がきになりました」

「ああ。貝蹴り虫だね」

「かいけりむし」

蹴ってるの、貝なの。そうゆわれて見たらたしかに石ころみたいな貝だ。

「陸の貝を食べる虫だよ。たまに貝の中にある陸真珠を運んでいて、冒険者が捕まえたりしているね」

「つかまえちゃうのですか」

「ああ、陸真珠は魔法アイテムの材料になるそうだ。虫自体は放すと思うよ」

「よかったです」

ホッとした。ごはん運んでるだけで捕まるなんてとんでもないもんね。あくむ。

はふってした僕のお顔を見て、セブランお兄様が頭をなでてくれた。

「虫も家まで帰るようだし、ボクたちも帰ろう？」

「ん、はい」

おうちってゆわれたら帰りたくなってきた。

しゃがんでたのをむくりと立つと、セブランお兄様がお手てを繋いでくれる。

でもやっぱり気になってチラって振り返る。

「……つかまらないようにね！」

「運んでいたのは普通の貝だったから大丈夫だろう。フランはやさしいね」

「おうちに帰れないのツラいから……僕、おうちだいすきですし」

「ふふふ、そうだね」

セブランお兄様も認めるインドアの僕。

馬車にのって街を進むけど、朝は混んでるみたいでなかなかまえに行かない。おひまである。歩くよりおそいから景色も変わらないよ。

僕が足をぶらぶらさせてたのに気づいたセブランお兄様が、街の中心あたりで馬車をとめさせた。

「フラン。あそこに教会がある。時間もあるし、せっかくだから無事を祈っていこうか」

「んあ、はい！　おいのりします！」

護衛に囲まれて馬車をおりる。

帝都にはすごく大きい教会があるけど、この街の教会はこぢんまりしてた。隠し通路の先にある廃教会よりは大きいかなーくらい。けど、どうやらこれが通常サイズらしい。

「帝都だけ大きいのですね」

「ボクたちが集会で行くのは大教会と呼ばれているね。帝都にも庶民街にはこれくらいの教会がたくさん建っているよ。庶民や冒険者は小さいほうに行くのがふつうのようだ」

「ふはぁ。知らなかったです」

教会にも貴族用と庶民用があったんだ……。

セブランお兄様と手を繋いで教会へ行くと、お兄様のゆったとおり冒険者がいっぱい来てた。神官さんにお金渡してなんかやってもらってる。お祈りじゃなくて【呪い】とか【麻痺《まひ》】の状態異常を解きに来てる人が多いんだって。

森だな。森で魔物にやられちゃったんだろな。

神官さんたちの横を抜けて、僕とセブランお兄様はちっちゃい礼拝堂のまえに来た。

護衛に囲まれた貴族まるだしの僕たちが来たからか、お祈りしてたみなさんが避けてくれる。すみません。

僕とお兄様はお顔を見合わせて、ササササッとお祈りすることにした。

ステンドグラスのまえに立って指を組む。

(ええと、虫さんも僕もみんな、ぶじにおうちに帰れますように！　あ、あと黒いモヤモヤがなんかあの……かんちがいでありますように！)

手早くお祈りをすませて、馬車にもどる。

あいかわらず馬車は進まなくて、うとうとしちゃう僕なのでした。


ガタン！

「んぬふぁ」

お尻がぼよんとして、はっと目がさめた。

ランプの明かりと、せまいお部屋。

そんでおとなりにセブランお兄様。

「起きてしまったね。雨で道が荒れているようだよ」

ぼやっとしてる僕を見て笑ったセブランお兄様は、お胸からハンカチを出してお口を拭いてくれた。ウヌム。およだでてた。

ここは馬車のなか。

フィードの森を走ってたら急にすごい雨が降ってきて、窓にあたるからってキティが木窓を閉めたのまでは覚えてるよ。ランプつけてくれたけど、お昼のお日様よりは暗いし木窓の防音がすごすぎて、僕、だんだん眠くなっちゃったんだ。

「セブランお兄様、雨はやみましたか」

「うん。少し前にやんだようだね」

まだ眠くて寝ぼけた気持ちのままセブランお兄様にくっつくと、頭をなでてくれる。

「そうだ。フラン、ボクは森で異変を感じられなかったよ。フランはしばらく森へ入ることはないだろうが、何かあったらすぐに兄様に教えて」

「んあ、そうでした」

黒い一角兎。もっかい見たらモヤモヤの影響かどうかわかると思ったんだけど、森に入ってすぐに木窓閉めたし、寝てたからぜんぜんわかんなかった。

僕が起きたのでキティが木窓をあけてくれる。ちょっと明るくなる馬車のなか。

「うすぐもり」

雨がやんだばっかりだからか、お空がねずみいろ。雨あがりの森って暗いけど、なんかすこし癒される感じもするよ。ふしぎだね。

(ゆだんしたら寝ちゃうな……)

揺れるからセブランお兄様がずっと片腕で抱っこしてくれるし、窓のお外は癒し空間。

また寝ちゃうかなぁと思ったけど、朝からうとうとし続けたおかげか、森をぬけて帝都の出入り口、大門まで起きていられたよ。

大門のまえは人でいっぱいだった。

商人とか冒険者とか、あとどっか外国っぽいお洋服の人とか、いろんな人たちがごちゃっと並んでた。貴族じゃない、ふつうの人が使う側の門のとこは、もう人でなにがどうなってるかわかんないぐらい混んでる。

「ふぁー激混みしてます」

「雨だと混雑するんだよ。森から帰ってくる冒険者が多いからだろうか」

セブランお兄様も貴族だから人混みにゴエンなくて自信なさそう。僕もふつうを知らないけどだいぶ人が多いと思う。フェスかな？　くらいの量だもんね。

人が集まる場所ってことで大門のとこはちょっと広場みたいにしてるせいで、みんな雨でびちゃびちゃ。

大門からぐるーと街をかこむ背の高い壁があるんだけど屋根ついてないし、雨宿りできるとこイッコもなし！　大きい街馬車っていうのや派手な馬車にのっている商人以外は、みんな雨をよけなかったのか、ずぶ濡《ぬ》れのまま談笑したりしてる。

わかるよ。僕も前世で傘させないくらいの台風の日とかもういいかなってなる瞬間あったもん。そうそう、それで「降れ！　雨降れ！」っておともだちとお空に向かって両手広げたっけなぁ。びしゃびしゃ。

「んう？」

人混みのなかをのろのろ走る安全第一の我が家の馬車。

ならんでる人たちを眺めてたら、商人の馬車の近くで丸まってる人発見。

人っていうかトレーズくんと同い年ぐらいの子ども。それもふたりいて、ふたりとも雨で濡れてる地面にお膝と両手をついて丸まってた。

調子悪くてすわってるのかなと思ったけどなんか、なんかちがくて、見たことある姿勢……。

（んあっ、運動会の！）

プロの人とかもやってた猛ダッシュするときのポーズだ！　僕はやったことないけど、走りだしやすいらしいあのポーズ！

その姿勢で、サイズ感のおんなじふたりがちょっとだけ腰をあげてスタートを待ってる。

（なんで？）

広場は広いとこではあるけど、スポーツをする場所ではないような？？？

僕ののってる馬車ものろのろ運転だけど先に進むからそろそろ子どもたちのこと見えなくなっちゃう。

ちょうど通り過ぎそうだなーっていうとこまで来たとき、子どもたちがお顔をあげてこっちを見た。

ヨーイ。

どん！

猛スピードでダッシュしてくる子ども。お顔がにてるから双子かな、あっあっ、どんどんこっちに来る！　すごい速い！　こちら馬車ですが⁉　あとなんか商人の馬車と紫色のヒモで繋がってるから
そんな走ったら「ビンッ」となっちゃわないっ？

「あっあっ、あぶなっ。びゃぶん！」

「フラン！」

ヒモはもうギリギリの感じで、なのに視界から子どもが消えて、僕が声をあげようとしたのと同時に馬車がガタガタンって急停止した。

背後にすわってたセブランお兄様にどんとする僕。セブランお兄様はぎゅって受けとめて、僕の頭ごと抱えてくれた。

「ご無事ですかぼっちゃま方！」

キティや横を走ってた護衛のおじさんがぶじを確認してくれる。

「フラン、ケガはない？　舌を噛んだりはしてないか」

「あぃ」

転がるみたいになったからちょっと頭クラクラしてるけどおケガはないよ。セブランお兄様は僕のお口をあーとさせて確認するとホッとしたお顔でまた抱きしめてくれた。

「申し訳ございません。子どもが馬車の前を横切りまして」

御者の人もわざわざこっちに来てくれて扉をあけて報告してくれる。

う、うん。ものすごい勢いで走ってきたもん。あれは最初から見てなきゃよけられないよ。よけられ、ない……。

サーッてお顔がつめたくなる。

「こど、こ、こど……っ」

「落ち着いて、フラン。人に当たった衝撃ではなかったから」

そ、そ、そうなんすっ？　そういうのわかるものですかっ⁉

希望が見えた気がしてセブランお兄様を見上げたら、うんとうなずいて頭をなでてくれた。

「ケガはさせていないか」

「は、はい。ただ捕縛には至らず」

「よい。幼い子どもは危険を感知する能力が低いのだろう。咎《とが》めてはならないよ」

「かしこまりした」

御者の人がおじぎしてお席に戻ってく。よくわかんないけど、事故ったけど事故ってないみたい。

僕はほーっと息を吐いてそろそろと窓に近づいた。双子には紫色のヒモがついてたから、見れば行き先わかると思ったんだ。

（んあれ？　ヒモ、あった気がしたのになぁ）

お外を見る。

ダッシュしてきた子から伸びてたヒモ。けど馬車のまわりにはヒモない。双子もいないし、商人の馬車もなんかしてる気配ない。

「むぅ?」

「フラン。馬車が動くから座ろう」

「ぅあい」

セブランお兄様のおとなりにすわると、たしかめたキティが合図を出して、御者が馬車を走らせてくれた。

ゆっくりした運転だけどもうすぐ貴族専用の出入り口。

すごくハラハラしちゃったなーと思っててセブランお兄様に寄りかかりながら、窓の外を見るといつの間にか青空まで出てる。

きらきら光ってるお空の一部分。

僕のお目めがまんまるになったのがわかった。そんですぐに指さして、セブランお兄様にご報告だ!

「んあ! セブランお兄様、セブランお兄様!」

「ああ、綺麗だね」

「はいっ!」

帝都の門をくぐると、お空に虹がかかってたよ。

閑話　まわりの人たち（おじい様）

春になり帝都からやってきたセブランとフラン。孫が望んで田舎の領地に来るという事態に、私はもちろん、城の使用人たちまで浮き立った。皆が緊張感に包まれていたように思う。

そうして今日。

朝からセブランと遠乗りに行けたのは、なんとも貴重な体験であった。私がこのように孫と触れ合えるなど想像もしていなかったのだ。

「お祖父《じい》様、ありがとうございました」

「……うむ」

しっかりしていてもセブランは13歳。体はまだまだ未熟なのであまり遠くには行けなかったが、その代わり視野の確保や馬の扱いを熱心に覚えようとしていたので、乗馬のコツなど、私が教え得るものは惜しまず伝えた。充実した時間を過ごせたと思う。

城に戻り、疲れただろうセブランを部屋に戻らせた。活動したあとの休息は良い筋肉を作る。

年甲斐《がい》もなくはしゃいでしまったような気がして少々の反省とともに城を歩いていると、庭園が随分賑《にぎ》やかなのに気がついた。

「うふふ、随分とやわらかいのですね」

「ぁい」

春の穏やかな日差しのなか、ティータイムをしている妻のとなりにもう一人のちいさな孫フランがいた。フランはなぜか妻に両手で頬を揉《も》みしだかれていた。目を細めて気持ちよさそうにしている。

「……。エリー」

「あら、旦那様。おかえりなさいませ」

「おふぁえいなさいまへ！」

フランと、フランの頬を包むように両手を当てている妻が同時にこちらを振り返った。大丈夫なのだろうか、揉まれるフランの頬が森で見るリスのように伸びているが……。

すぐに私用に設けられた席に着くと、フランもいそいそとした様子で椅子に座った。

「おじい様、セブランお兄様とのおでかけはいかがでしたか」

「……。うむ、セブランは筋がいい。馬の扱いもすぐに慣れるだろう」

「んきゅあーっ」

よほど兄のことが好きなようで、フランはセブランの名を聞いただけで目を輝かせる。これほど仲の良い貴族の兄弟は珍しい。跡継ぎに関して揉めないのであれば次代の当主にとって心強い支えとなるだろう。息子のオディロンがうまく導くべき子らだ。

「おばあ様おばあ様、僕、さっきのつづきしますね！　セブランお兄様がかっこいいシーンは、ベストテン以外にもいっぱいあるんですよ！」

「まあ、それは是非とも見てみたいわ」

「はい！　ちょっとお待ちください。このケーキ食べたらすぐやりますので！」

フランはダークチェリーのパイにたっぷりクリームをつけ、小さく切って頬張っている。咀嚼《そしゃく》する姿があまりにも一生懸命で、愛《いと》しくも切ない、なんとも言えぬ思いが湧き上がる。妻もおなじ気持ちなのか、手を止めてフランが飲み込むのを微笑《ほほえ》ましく見守っていた。

フランは肉を食べられないらしい。昨夜の夕飯も小鳥ほども食べず、妻がしきりに心配していた。今も様々な種類のスコーンを切り分け、フランの前に並べさせている。

「……。騎士祭か」

「はい。セブランがほんとうに良い戦いをしたようで、フランが演じて見せてくれていたのです。……うふふ、縦横無尽に演じてくれるからくっつき虫がたくさんついてしまって」

「ぁぃ……あんなにつくとはおもいませんでした。おばあ様、とってくれてありがとうございました」

「よいのですよ。……っふふふ、斬新なパーティーアクセサリーみたいでしたわ」

くっつき虫とは虫ではなく草むらにある産毛のついた草の実だ。城の周りのそこここによく生えており、少し触るだけで服についてしまう。先程の妻の行動はフランの体についた実を取ってやっていて、そのまま頬を撫《な》でるに至ったのかもしれない。

思い出したのか妻がころころと笑っている。私といるといつも穏やかである妻が、このように楽しげに笑うのはとても新鮮だ。こちらまで喜びを感じられる。

「あっ、セブランお兄様です！」

フランの視線を追えば、乗馬用の服からゆったりとした普段着に着替えたセブランがやってきた。しばらく休めたようで顔色が良い。

「……。……休めたか」

「はい。お祖父《じい》様、ありがとうございます」

「セブランもお腹《なか》が空《す》いたでしょう。こちらにお掛けなさい」

テーブルのうえは菓子ばかりだったので妻がすぐに肉や野菜の用意を命じている。セブランが座るとフランが椅子を寄せたがる素振りを見せたので、メイドが動かしてやっていた。

「フラン、ケーキをごちそうになっていたの」

「はいっチェリーパイです！　おいしいからセブランお兄様もたべてください」

もう一段、興奮の度合いを高くしたフランの口元をセブランが拭いてやっている。ふたりとも慣れた仕草で、自然な姿なのが微笑ましい。

普段とは違う賑やかなティータイム。

春とおなじ暖かさで、みなが笑顔になっていた。

第3章 知らないフラグをふみぬく季節

Akuyaku no Goreisoku no Dounikashitai Nichijyo

†兄弟子というお兄ちゃんとして

「せんせぇ、おはようございます！」

「おはようございます」

帝都に帰ってきてちょっとしたら、貴族のお勉強が再開されました。

おとといは剣術やって、今日は魔法のお勉強。

お時間ぴったりに来たせんせぇとお庭に出て、スタンバイ。メイドと使用人もすこし離れて見守ってくれてる。

「では、魔力を整えることから始めましょう。姿勢をかため、……そうです。フラン様の体の内にある魔力を、手へ集めるように意識します」

「はいっ」

せんせぇはあいかわらず無表情だけど、教え方もていねいだし、あとちょっとだけフォローしてくれるようになった。

僕はせんせぇにゆわれたとおり、両足をひらいてお手てをまえに突き出す。そんで体のうちがわにあるらしい魔力をグッとする。グッてするのはなんか感覚だから、合ってるかわからないままだけど。

「んんんんう～」

ぐるぐるぐるぐる。

体のなかグルングルンてするナニカがある。これが魔力だそうです。たくさんグルングルンさせて、自分の思うようなスピードになったらお手てに持ってくんだって。

「んぬぅ～……ぬぱ！　はぁー」

ぐるぐるしてた魔力を必死で追いかけて、グッてつかんでお手てにミュッて持ってった。これだけでけっこう疲れる。

できました！　ってせんせぇを見ると、うーっすらとうなずいて、ちょっとお口をモゴモゴさせたあと褒めてくれた。

「よくできました。ではもういちど」

「はい！　ンぬぅぅぅううう」

褒められるとやる気になるよね！

僕はまた体のなかで魔力をぐるんぐるんさせるのに一生けんめいになったのでした。

魔法のお勉強がおわったら、ちょっとだけお茶の時間。

最近はずっとせんせぇも付き合ってくれるから、お勉強のあともたのしみなんだよ。

せんせぇは毎回、シェフの「今日のケーキ」をゆっくり食べる。無表情だしちょっとむずかしいお顔だから、ステファンお兄様とおんなじで甘いのあんまりなのかなと思ったら、そういうわけじゃないんだって。すごくおいしいから、どうおいしいかって考えてるそうです。そういう味わい方もあるんだなぁ。

「あ！　そういえばせんせぇ、〝お城〟は大丈夫でしたか」

ちぃちゃい声で聞く。

トレーズくんからもお城でヤイヤイしたあとのこと聞いたけど、いちおうせんせぇからも聞いたほうがいいよね。

もし僕がうっかりポロってお城のおイスのことおしゃべりしたら、誰から聞いたの？　↓トレーズくん↓おしのびバレるってピ〇ゴラスイッチみたいな展開になるかもわからんからね。せんせぇに聞きましたってゆえばおしのびはバレないのだ。僕は知能的なのだよ！

「ええ。私が立ち会ったことと、アーサーが加護付きだったことから難なく誤魔化せました」

「ほむ」

せんせぇが自信満々。

どっち……？　これはどっちのアレ……？

ほんとにじょうずにごまかせたって思っていいかなぁ。

「魔王が封じられていることは皇帝もご存知で、対策部隊を作ると言っていましたね」

「んあ、知ってたんだ……。たいさくぶたいってどんなですか？」

「魔王の魔力を探知、調査する者と、かつての戦いの記録から相応の訓練をする者で作られる兵隊のようです」

ほほう。将来魔王になる人がvs魔王部隊をつくるのかぁ。ゲームが始まるまえのアスカロン帝国のことは知らないけど、本編でもそういう設定あったのかな。

「せんせぇは、ぶたいに入りましたか」

「いいえ。しかし、あの禍々《まがまが》しい魔力は私ですら気づきませんでした。部隊へ任命された者も、感知はまずムリでしょう」

「そっかぁ。せんせぇ、エリートだもんね」

「はい」

つよい。

「なんにもできないのかなぁ」

かんぺきに封印できてたらいいと思うけど、森の一角兎《いっかくうさぎ》を見ちゃってるから、ぜんぜん安心できない。よく考えたら魔王の姿も見てないもんね。あれでやっつけたってことにはなってない気がする。

ぺしょりとした気持ちで紅茶を飲んでたら、せんせぇがなんかキリッとした。

「フラン様。あの場にいた勇者を名乗るアーサーという子ども。彼には人よりも多い魔力があるようです。ですから、私が真に勇者として育てることにしました」

そだ、え？　育てる？　せんせぇが？

得意げなお顔してるせんせぇとポカンとする僕。ちょっと見つめ合うお時間。

「……んあ、弟子っ？　もしかしてお弟子!?」

「ええ。アーサーは庶民ですが、私の教え子として身分の保証をし、城の魔法庁で魔法を教えていきます」

「んぱぁあーお弟子かっこいい！」

なんか、なんかいいよね！

せんせぇは魔法ならなんでもできるし、賢者にもなれちゃうくらいのすごい魔法使いだと思うもん！　そのお弟子！

ゲームで勇者の仲間になる賢者もつよかったんだよ。極大魔法とかいう画面いっぱいを光らせる魔法でまわりの敵をいっしゅんで消しちゃうの。

賢者は世界中をうろついてて各地でいろんなイベントをこなさないと仲間にならなくて、ぜんぶやっても後半にやっとパーティに入ってくれるキャラクター。僕はぜんぶのイベントやらなかったから仲間にできなかったけど、賢者が仲間にいたらすごく心づよ……。

(あれ？)

せんせぇってあの賢者かな。

せんせぇをよぅく見る。

黒くて長い髪で、全体的に暗い感じのお洋服着てて、あんまりおしゃべりしなくて、無表情。

賢者は人がきらいで山奥とかで会うんだけど、せんせぇいま帝都にいるしなぁ。まだ帝都にいるってことはちがうのかな。

けど万が一、あのめちゃ強い賢者が勇者を弟子にしたってことになるなら、なにもしないでもつよい勇者を賢者が育ててさらにつよくするってこと……？

「さいきょうのでし」

「？　なんですか」

「ショギョームジョーを感じてました」

運命を変えたらぜんぶがいいほうに変わるって、だれもゆってなかったなぁ……。あっくんがつよくなるのは、僕がよい子になるのと引きかえなのかも。

（い、いま気づけてよかったって思お……っ）

下唇をぎゅぐぅぅと噛《か》んじゃう。

ゲームが始まるまでまだ余裕あるもん。よい子になって、ついでにあっくんに追いつかれないくらいに走れるようにならなくちゃ！

僕の様子にせんせぇは首をかしげてたけど、淡々とつづきをお話してくれる。

「フラン様も、アーサーの兄弟子として城で授業を受けるのも良いでしょう。魔法庁は魔素を整えやすくなっていますし鍛錬の」

「あにでし!!」

大きい声でちゃった。せんせぇもビクッとしてた。

だってせんせぇ、僕があっくんの兄弟子だって!!

「せんせぇ、僕、あに？　お兄さん弟子っ？」

「？　はい。私の教えを先に受けたのはフラン様ですから、あとのアーサーは弟弟子に、先のフラン様が兄弟子になります」

「びゅばー！」

思わず両手でほっぺを押さえちゃう。だって僕がお兄さんになるんだって！　勇者はこわいけど、お兄さんになるのってすごく魅力的だ。いっしょにシュギョーすれば仲良くなれるかもだし、お兄ちゃんって呼んでくれるかもっ。んふふふふっ。僕が、お兄ちゃんっ！

「せんせぇ、あに、兄ならがんばらなくちゃですね！」

「……ええ。頑張りましょう」


「んあ。そうだせんせぇ、おみやげあります。おじい様のところでご用意しました！」

シュギョーのあとのお茶もそろそろおしまい。せんせぇが帰っちゃうところで思い出せた。

「はぁ。おみやげですか……？」

せんせぇはピンと来てないお顔。旅行したら仲良しの人におみやげ買うっていうのが、いまいちなじまないみたいなんだ。

僕はおみやげあげるの好き。だからみんなに買ってきてて、もちろんせんせぇのもあるのだ。メイドを見るとトレイにのせておみやげを持ってきてくれる。

僕はすわったまま受けとってそのままズズイとせんせぇのほうに差し出した。

「どうぞ！」

せんせぇはリアクションに困ったお顔をしながら受けとってくれたよ。自分の手元まで箱を引き寄せて、うえからまじまじと眺めてくれた。

「これは……魔鉄の木箱ですね」

「はいっ。おじい様のところは、なんかそういう木がおじょうずなんです！」

むふんってお胸張っちゃう。

すごいよね、木なのに光ってるんだよ。魔力がナイホウされてるっておじい様が教えてくれて、そのときはうんうんってうなずいてた僕だけどほんとはちょっと意味はわかってなかった。

けどぼわ～んて光る箱はキレイだし、彫ってある柄もすごく細かくてかっこいいんだ。

「意匠も素晴らしい。……ちなみに中は、……いいえ、ありがとうございます」

オトナの手のひらくらいの箱なんだけど、せんせぇは喜んでくれたみたい。うれしい！

気に入ってくれたのか、うえから手でフタを押さえてどかさないせんせぇ。彫りの凸凹をたのしんでくれてるのかも。

「あっあっ、あの、開けてみてください。なかにお菓子入ってます！」

「菓子ですか」

意外そうに目を見張ったせんせぇは、フタからゆっくり手を離して、カギのとこを「ふうっ」って呼吸してからあけた。で、なんか封印されしヤバい宝箱をあけるみたいにして、目を細めてそーっと……。

ぱかり。

せんせぇが手前から箱をあけると、なかに入ったちいさめのお菓子から、ふんわりバターとジャムの香りがしてきた。んふぅーおいしそう！

「初めて見るものです」

「うすく切ったパンを、あの、パンを……」

おじい様のところで作り方教えてもらったけど、どんなんだったか忘れちゃった。う～ん？　って眉毛を真ん中に寄せてたら、キティがフォローに来てくれる。

「ふむふむ、ほむ。ええと、パンを乾燥させて、バターとかおいしいジャム……？　うむ、ジャムをぬってまた焼いたやつです！」

ゆえた！

むずかしくなっちゃうとこはキティがお耳のとこでコソコソってヒントをくれたので、ちゃんと最後までゆえました！

「パンを乾燥させて焼くのですか？　なぜそんなことを……」

ねー！　なぞの手間だよね。でもおいしいんだよ。

バターだけのはバターしみしみで、ジャムのとこは焼けたジャムがアメみたいになって見た目もすごくキレイ。

「食べてみてくださいっ」

「ガラスの板のようですね。いただきます、……！」

「どう？　せんせぇ、どうっ？」

ちっちゃい焼き菓子を一口かじったせんせぇ。

乾燥したパンって噛み切れないぐらいなんだけど、それをこんがり焼いてるから、さっくりほろりでおいしい、はず！

そわそわしてせんせぇを見てると、せんせぇはお目めをパチパチして焼き菓子を観察したあと、僕のほうを見てくれた。

「おいしいです。ビスケットのようですが、味がはっきりしています」

「よかったー!!　あの、うえのレモンのとことかおいしいですよねっ。あ、お菓子食べちゃったら箱は小物入れとして使えます。なんかあの、なんかいれてください！」

僕もおんなじの買ってきたんだけど、お菓子をいれてある木箱もおしゃれだから捨てちゃうのもったいない感じなのだ。

「魔鉄製の箱ならば魔石の保存に適していますね。大切に使わせていただきます。ありがとうございます、フラン様」

「はい！」

せんせぇが喜んでくれて、僕はすごくうれしくなったのでした。

†社会化するための見学

「あっくんが、弟子。僕のおとうと弟子！」

やることがないし、お部屋の窓辺で考えごとをしてクスクス笑っちゃう僕。公爵家三男、７歳です。

「んふふふ」

僕がはじめてお兄ちゃんになると思うと、なんだかお胸がむずむずしてずーっと笑顔になっちゃう。

お兄ちゃんじゃなくて兄弟弟子のお話だけど、それでもうれしい。

こんどいっしょにお勉強することになったし、いっかいだけじゃなくておともだちみたいに会えたら、勇者としてゆるくなってくれるかもっていう希望もあるよ。

兄弟子でおともだちの僕が「やめてね」ってゆったら、勇者も「わかったよ」ってゆってくれるかもだもんね！

「んふっふっふ、ひゅふへへへ！」

高笑いしたい気持ちになったけど、そこはお口を手で押さえてガマンガマン。

魔王のおイスを爆破したといっても、将来、僕がうっかり悪役になっちゃう可能性はまだまだありますからな。

あっくんと仲良し計画はすすめていきたいのです。

「はぁ～。希望で夢がふくらんじゃう」

そわそわ。キティにご本を持ってきてもらったけど、ご本を読むよりなにかしたい気持ち。みんなで鬼ごっこするのもいいし、お天気もいいからおうちの丘をすべるのもたのしそう。

(でももっとこう、お話したいっ)

いまはおともだちに会いたい気分。

ハーツくんとサガミくんを呼んでもいいけど、ちょっとお時間かかるよね……。うーん。

「んあっ」

そうだ！　トレーズくんにおみやげあるし、やってみたいこともある。これはおしのびするしかぁるまいね！


廃教会を出て、そのまま全力で走ってレンガのうえにすわってるトレーズくんにトッシン！

「トレーズくーん！　どーん!!」

「うわっ、待て待て待て……ぐっ、おま、みぞおち……っ」

「トレーズくん！　トレーズくん！　おひさしぶり！」

「おまえはマジで……」

僕に気づいてすぐに受けとめる姿勢になってくれたトレーズくんは、僕を止めると三歩だけうしろに下がったけど、ぎゅってしてくれたよ。

僕もトレーズくんのことを抱きしめて、お胸からお顔を見上げた。

「このまえの雨だいじょぶだった？」

トレーズくんはいつもどおり日焼けしているし、とっても元気そうなお顔してますけども、こないだの雨すごかったじゃん。

あんなにジャブジャブに降るなんてめずらしい気がする。

トレーズくんは僕の頭をボムンとなでて、教会にいっしょに行ってくれる。教会のおイスの下におしのび用のお洋服があるんだよ。

「ああ。気温も高かったからな。ひとり風邪ひいたがそれもすぐ治った」

「ふあっ、よかったねぇ！」

「………」

「どうしたの？」

僕をおイスにすわらせて、自分はおイスの下をゴソゴソってしてたトレーズくんがなんだかむずかしいお顔。

「……いや。スラムに薬を持ってきたガキがいたんだがよ」

「ガキはよくないです」

「子どもがいた」

「はい」

言葉は正しくつかったほうがオトナになったとき困らないってセブランお兄様も、マナーのせんせぃもよく言ってるからね。

「その子がお薬くれたの？」

「ああ。ここらで見たことねぇ双子で、身なりはいい」

「ふはぁ。ほどこしの貴族かなぁ」

「いや、……そいつら、服売っぱらって、いまはスラムにいる」

「？？？」

どういうことだろ。貴族じゃなくてお薬持っててお洋服うって、スラムに住む。うぅぅん？？？

僕が首をかしげてたら、おイスの下からローブを取り出したトレーズくんも立ち上がって肩をすくめた。

「わかんねぇんだよ。あいつら、ナニ考えてるかもイマイチわかんねぇし」

トレーズくんてスラムの子たちの面倒をみる係っぽいんだけど、その双子もトレーズくんのとこで暮らしてるんだって。トレーズくんは面倒くさそうにしながらも子どもたちのお世話をすごくしてて、子どもたちにもなつかれてるんだよ。やさしいからね！

そのトレーズくんがシブり顔。

(これはスラムに来てほしくないお顔だ)

「だから街に出るのは」

「行きます。馬車のります！」

「おい」

大変なときにもうしわけないですが、僕もやらなきゃいけないことありますので！

雨の日に見た街馬車というのに、興味が出てきてる僕です。

まんがいち、まんがいちだけど、僕が悪役デビューしちゃったときにおなか痛くなっちゃって走れないかもじゃん。そしたら馬車で逃走すると思うんだけど僕、おうちの馬車しかのったことないから、ほかの乗り物のこと知らない……。

前世でも電車にのるときは準備がいるんだった。ペンギンの絵のカードにお金をチャージして、改札でピッてしないとバン！　って通せんぼされちゃうやつ。そういう乗り物が帝都にもあるかもだもん。街馬車がそれだったら、詰み。勇者から逃げるときにバン！　ってされたらもう詰みなのです。

「馬車って……家の馬車あんだろ」

「お金はらってのりたい」

ポッケをごそごそしてると、トレーズくんがため息をついた。

「よくわかんねぇが……貴族ってやっぱアレなんだな」

アレとは。

悪口ゆわれた気もするけど、いまはこっち。

ポッケの奥にはさまってたちいちゃい宝石をぎゅみっととり出した。

「あった！　トレーズくん、これで馬車のれる？」

「うわ！　また持ってきたのか……、見せるな見せるな。しまっとけ」

「でも」

「宝石で支払いはムリだし、街馬車の御者がびびって世界一周しだすぞ。馬車代ならオレが出すから

……どこに行くかによるけどよ」

「んんと、一駅だけのってみたいです」

「一駅？　……わかった。まずは宝石をしまえ。それから着替えだな」

「はーい！」

トレーズくんにローブをズボって着せてもらって、高そうなお靴と靴下は机の下にかくす。地面をリアルに感じられるぺったんこのお靴に履きかえたらしゅっぱつです！


廃教会があるちいちゃい森をぬけて大きな道まで歩く。ちゃんとトレーズくんと手を繋いでるから迷ったりしないよ。

「ここらへんか。そこに座ってろよ」

「ぬむ？」

なんにもない道で立ちどまったトレーズくんが、道端のみょうにすわれそうな石をおすすめしてくれた。

街まではあと十分くらい歩かないとだめなはず。僕、なんかいも来てるから街の行き方を知ってるのだ。でもトレーズくんがとまるなら、僕もとまるし、すわります。

「ここがバス停なの？」

「ばすてい？」

「んあ。ええと、馬車がとまるところ？」

「ああ、この道を馬車が通る。乗るという意思を見せれりゃあ乗れる」

「い、意思」

街馬車ってメンタルからコツのいる乗り物だったのか。

トレーズくんに聞いておいてよかった。僕はぜったいのりたいから、すごく意思を見せなくちゃいけないんだね！

（よぅしっ！）

ペスンッてお鼻から息を吐いて、馬車がくるっぽい方向を見た。いつでも立てるように前かがみだ。

「お、来たな。……フラン？」

「僕が、とめてみせます」

僕はゆっくりと立ち上がって両足を踏んばった。肩をぐんるりと回して、深呼吸。

トレーズくんがゆうとおり、遠くから馬車の影と馬の走る音がしてきた。

「………っぱ！」

ピって片手をうえにあげる。馬車の御者さんに見えるように、しっかりとあげてます。どうでしょうか、見えますでしょうか、僕の意思！

「んんんん～っ」

僕はまだちっちゃいから背が足りないかもって思って、背伸びをしてるけどさらに上へ上へってがんばって手のひらをあげた。

全身に力が入っちゃう。もう目を開けてらんないぐらい背伸びしてるけど、どうか、どうかとまってください……！

ヒヒーン、ブルルルン。

馬の気配と車輪の音が僕のまえでとまった。

目を開けると二頭引きの街馬車！

「はふぅ」

「ふは、頑張ったな」

「はい！」

トレーズくんが頭をなでてくれて、僕は達成感と安心感にふむぅってしたのでした。

とめたからには街馬車にのりこまなくちゃいけない。んはぁーちょっとキンチョーする。先にトレーズくんがのって御者さんにお話してる。ごあいさつかなぁ、それとも行きたいところゆうのだろうか。

「まえばらい」

「あ？」

「なんでもないです」

「？　よし、つかまれ。足はゆっくり離せよ」

トレーズくんが御者さんにお金をはらって、お外で待ってた僕に手を差し出してくれた。足場ってジャンルにしていいかびみょうな馬車の部品のとこに足をかけて、よいしょってのるのが正式なのり方だって。

街馬車は、大きい馬二頭がひいてるんだけどほぼ荷馬車って感じだった。幌《ほろ》はきれいだけどギリギリ雨はムリそうな素材。箱をくっつけたみたいなベンチにお客さんがすわってて、床に直接すわってる人もいて混んでるみたい。みんな自然と下をむいてて、女の人は幌の柱につかまってる。

混んでるけどなんか「馬車だぞ、わーい！」って感じの人はいなくておしずかである。

僕はトレーズくんにくっついてうしろのほうに行く。人のお荷物またいだりして奥に行くの。ふぁー外国のバスって感じだぁ。キョロキョロしちゃう。

いちばんうしろでちょうど二人分だけ空いてたお席発見！

「ここ座れ」

「はい。お席はどこでもいいの？」

「空いてりゃな。ただスリが出るから荷物からは手を離さない、できれば密着しないって覚えておけよ」

「はへぇー外国みたいだね」

スリって見たことないけど外国は多いっていうもんね、ってトレーズくんを見たらふしぎそうなお顔してた。あ、ここ外国じゃなくて母国だった……へへ、まちがえちゃった。

トレーズくんとお席にすわると、おとなりにいたおじいさんがちょっとズレてくれた。ありがとうございます！

馬車が走りだすと、思ってた数倍ゆれた。これに長い時間のってたらしずかになっちゃうのわかる。おえってなりそうだもの。あと柱もできればつかまってたい。

僕たちはこのまま帝都の下町までのご予定だからすぐおりるけど、長いあいだのるの大変そうだね。

「んあ、トレーズくん。おみやげあるんだ！」

「みやげ？」

ゆれるからトレーズくんにくっつきつつ、ローブの下をもぞもぞする。ハンカチにつつんでポッケにいれてたおみやげ。割れてないかいっかいチェックするね。……うむ！　だいじょぶ！　両手で持ってトレーズくんに差し出した。

「はい、どうぞ！」

「お、おお、ありがとな。なんだ……？」

受けとったトレーズくんはハンカチを開いて出てきたカラフルで平べったい物体に首をかしげつつ、それでもお礼をゆってくれた。

「ラスクっていって、んんと、乾燥したパンを甘くしたおかしだよ。日持ちするから、みんなでちょっとずつ食べてみてね」

ハンカチにつつんできたから三枚しかないけど、ぜんぶ味ちがいでいちばんキレイなやつにしたの。ツヤツヤだよ！

「食いもんなのか。助かるわ、ありがとう」

「んへへ」

正体がわかってほうと感心したお顔。ラスクを取り出してハンカチを返してくれそうになったから、それごとどうぞってしたら、またラスクをつつんできれいにたたんでお胸にしまってくれた。受けとってもらえてよかった！

ガタゴトする馬車でトレーズくんに寄りかかって馬車をたんのう。まえとうしろが開いてるからお外の風も空気のかおりもぜんぶわかる。

「風があたるの気持ちいいねぇ」

「ああ。この時季の馬車はいいな」

ガタゴトガタゴト。

んふふ。お尻痛いけどお外の景色がどんどんかわってくのたのしい！

街馬車はたまにとまって人をおろすけど、あんまりのってくる人はいなかった。

トレーズくんに聞いたら、下町が近いからここからのる人はいないんだって。

そうかぁと納得してまたお外見てたらだれかがのってきた気配。のってきた人のお顔は僕からは見えなかったけど、なんかトレーズくんの体にも力が入ったよ。どうしたんだろか。

「トレーズくん？」

「ちょっと待ってろ。そこにつかまってろな」

「ぁい」

歩いてる人も多くなってきたのでゆっくり走る街馬車のなかを、まえへ歩いてくトレーズくん。トレーズくんはのってきたふたりに背後から近づいてちょうど真ん中に立つ。

お知り合いかなぁ？

柱につかまって観察してたらトレーズくんはすっとしゃがむと、ふたりの肩をガッて組んで捕獲！

「ウワっ！」

「わぁ……」

「わかってるな。戻して、降りるぞ」

「はい！」

「はい」

床にすわってたふたりビクッとしてたけど、めちゃくちゃいいお返事をしてた。

おとなりにすわってウトウトしてたおじさんの肩を、ひとりがトンと叩《たた》いて、もうひとりが声をかけた。

「おじさん、おじさん、これ落としたよ。どっちだと思う？」

「お？　おお、よく似ているな。どれ困った……」

（……？）

無言のほうの人が両手を出して手のひらを見せてた。両方にカギをのせてるみたい。なんのカギだろ？

床にすわってるおじさんは腕を組んでう～んてうなってるけど見分けがつかないのかな。ちょっとのあと、待ちきれなくなったらしい無言の人が左手を少しだけうえにした。

「……こ、こ、こっち」

「おお、そうだな。キズがあるのはこっちか。ボウズたち、拾ってくれてありがとう」

「あれっ。こころが」

「……つらいね」

おんなじ動作でお胸を押さえるふたり組。

(んあ、双子だ)

よく見たらお顔もいっしょじゃんね。最近双子見ることよくあるなぁと思ってたら、立ち上がったトレーズくんが僕のほうを見た。

「フラ、フ……フルーツパフェ、降りるぞ」

「ええ、それはムリがあるよぅ」

パフェって言っちゃってんじゃん。

†そっくりのふたごのこ

馬車からおりたのは商人や業者っぽい人が多い道だった。プロのための通りって感じのとこで、もう下町はすぐそこ。ここまでこれたとゆうことは、僕の目的はタッセーされたとゆっても過言ではないですな！

僕はやりとげた感にフスンッと鼻息を出し、トレーズくんといっしょにおりた双子に向き合った。

来るときにトレーズくんがしぶしぶのお顔になってた原因のお薬持ってきた双子の気がするけど、僕もごあいさつしておこうね！

お話を聞いてた感じでは悪い子の気はしなかったもの。

「こんにちは！」

「……にちは」

「こんにちは～！」

トレーズくんのお知り合いっぽいふたりは片方がおとなしくて片方が元気。でもお顔はそっくり。双子だ！

「トレーズくん、トレーズくん、ご紹介してしてしてして」

「ぐ……！」

ごあいさつしたらあとはおなまえ知りたい。僕のおとなりにいるトレーズくんのお袖をグイグイ引っぱったら、めちゃくちゃシブり顔してきた。

「前に言ったやつらだ。ほらカゼ薬持ってきて服売ったガ……もら」

「ああ〜、やっぱり！　よい子の子！」

「ウェンウェンです！　こっちは兄のココトルだよ〜」

「ココトル……」

「ん！　僕はフラもごん！」

トレーズくんがあわてて、僕のお口をぽむってふさいでくるから新種のドラゴンのなまえみたいになった。ほほぅ。ややかっこいいぞ、フラモゴン。おしのびで使うおなまえはこれでもいいかもっ。

「フラ、あー、街をフラフラしてるフルーツパフェだ」

「パフェはどうだろう」

両手でよいしょとお手てをはずして、うしろにいるトレーズくんを見上げた。パフェ、気に入っちゃったのかな。

ドラゴンのがいいなぁと思ってたら、双子の元気なほうのウェンウェンが僕にむかってピッて敬礼してきた。びくっとする僕。

「このまえ助けてもらったから知ってる！」

「貴族……名前を言ったらいけない貴族……」

お、おお。ワルいやつを呼ぶときみたいになってる。前世の映画で見たメガネの魔法使いの子たちがそんなふうに呼んでたのを覚えてるよ。……アッ、ホントにめちゃくちゃワルい人だったな!?　だいじょうぶ!?　その意味じゃないよね……っ。

ふたりのお顔を見て安心した。うむ。へいきそう！

双子のお兄ちゃんのコヨトルが、自分のお洋服の裾を指でモジモジしながら「ありがと」と小声で頭をさげた。

ぜんぜん心当たりないことでお礼されてるけど、受けいれていいのかな。僕、貴族だから定期的に『ほどこし』っていうボランティアをしてて、それでお礼されることもたまにあるんだよね。むぅぅ。ムズい。社交ムズい。

「助けた？　……なんかしたのか」

「んー。なんにも思い浮かばないです」

「このまえの雨の日にねーっ」

「ウェンウェン、声……」

ウェンウェンの声は大きくないけどよく通るよい声。けどそれで、こっちを気にしてる人が多くなってきた。むむむ、ここってお子がいるのがめずらしい感じするもんね。

トレーズくんもそれがわかって、チッて舌打ちをする。

「とりあえずコヨトルとウェンウェンは公園までついてこい。馬車での話はそこで聞く。おまえは、……パフェは」

ぷくー。

〝おまえ〟でほっぺふくらませたら、気をつかってパフェにしてくれた。まあいいでしょう！　僕のおなまえって、帝国だと僕しかいないみたいだし。

「どうする。今日は帰っとくか？」

「お話聞きたいですっ」

ほんとは馬車にのれて『今日やりたいことリスト』はもうおわっちゃったんだけど、もうちょっとみんなといたいので！　ウェンウェンたちが助けれくれたっていうのも人ちがいだったら、それは僕じゃないよってしたいしね。


「んあああっ、パン屋さんに新作でてるぅー！」

公園に行くと屋台がどんどん集まってきてるお時間だった。よくトレーズくんがごちそうしてくれるパン屋さんも来てて、ちらっと通りかかったんだけど見たことないパンを見つけてしまった。なんか、なんか丸いの！

「わかった、わかったからシーだ、な？　シー」

「んぅううう、あの丸いのおいしそうぅぅぅ」

トレーズくんに腕をひっぱられつつ公園内を歩き、空いていたベンチにすわらせてもらった。ほかにも屋台がたくさんあるからお祭りな気持ちになってくる。ベンチにすわってるけど足がパタパタしちゃう。

「買ってくる。ココトル、ふたりを見ててくれ」

「う、うん……」

トレーズくんがココトルにお願いして屋台のほうにむかってくれた。新しいパン買ってきてくれるかなぁ。たのしみ！

「はぁー、ひさしぶりの公園だぁ」

おしのびでお外に来るのひさしぶり。おなじお天気だけど公園にいるとなんかすごくおでかけした気持ちになる。

「貴族は公園に来ない？　あ、でもあそこに貴族いる！　じゃあ公爵家だから来ないいんですねっ」

「こういきぞく……」

「そっれそっれ～！　ココトルは物知り！」

真ん中にすわった僕の左にココトル、右にウェンウェン。ウェンウェンはすごくテンションがたかくて距離が近いし、ココトルも僕のことずーっと見てくる。すごい。双子から感じる種類のちがう圧がすごい。

気にしないようにしてるけど、もうね、真横。ほんと真横から見られてるの。気になるぅ。

「あの、コ、ココトル。どうしてそんなに見てくるの？」

「トレーズが見てろって……」

「ああ～」

おりこう！　トレーズくんにお願いされてたもんね！

使命をしょって僕を見てくるのなら致し方ないか、って思ったら、右にすわってるウェンウェンがエッヘンってしてた。

「ぼくのアニはすごいです！　なんでもできるし、なんでも作れるし、なんでも知ってる。貴族さんの正体もすぐつきとめられたし、帝都で過ごす方法も見つけたもんねっ。ね、ココトル！」

「……フラン様」

「あ、ああー」

ほんとに僕のおなまえ知ってるんだ。

公園は広いからここでおなまえ呼ばれても大丈夫そう。ふたりとも変わってるけど、気を使ってくれるよい子なのかも！

「ぼくとウェンウェンを助けてくれて……あ、あ、ありがとう……」

「ありがとー!!」

「んうう」

罪悪感がすごい。

よい子と思った人たちに、心当たりのないことでお礼をゆわれちゃうっていう。うぐぐ。お胸がきゅっとなる。

「あの、あのね。僕きみたちをたすけた記憶がぜんぜんないの。だからもしかしたらヒトチガイかもなんだよ」

僕がゴカイだよってゆうと、ふしぎそうにお互いのお顔を見合わせる双子。おんなじタイミングで僕を見る。

「人ちがいじゃない。フラン様はね、ぼくたちの鎖を切ってくれたのですっ」

「ドレイの鎖……馬車で切ってくれた……」

「うぬん」

こんなにていねいにご説明してもらったうえに心当たりないとは。けど双子は確信をもったお顔してるから僕だって思ってるのはまちがいない。

(ドレイのくさりを切るなんて、僕できないし)

頭をかかえる僕。うううう～ん。

「んあっ」

もしかして。

「馬車がトリアイナのだったんじゃないっ？」

「はいっ。剣がふたつの紋章はトリアイナの馬車だって調べました。ね、ココトル！」

「うん……」

「ああ～！」

なっとく！　たすけたのがトリアイナの馬車だから僕って思ったんだね。

きっとお父様かお兄様がやったんだ。それならわかる。お父様もお兄様もやさしいしかっこいいし、ドレイの人をたすけるもん！　なるほどなるほど。

僕はふたりのかんちがいにすっきりして、あとお兄様たちが僕の知らないとこでもかっこいいことにニッコリしちゃう。

「ココトル、ウェンウェン。それね、僕じゃなくてお父様かお兄様のどっちかの馬車だと思うよ！」

左をむいてニコッ。右をむいてニコッ。

「……」

「……」

僕がごきげんでお知らせした正解に、双子はまたお顔を見合わせた。

「フラン様」

「ちがうよ……？」

「んえっ」

「馬車からフラン様のお顔見えましたー！」

「雨の日の四頭引き、兄君のセブラン様と乗ってた……」

雨の日。セブランお兄様。

パッパッて思い浮かぶ雨の日の大門。いっぱいのならんでる人たち。スタートダッシュのかまえをとる双子と、ガタンってする馬車。

（おじい様のとこから帰ってくる日に見た猛ダッシュの子ども！）

双子いたー！

急にトッシンしてきて馬車でひいちゃったかもってハラハラしたの覚えてるもんっ。

「んああっ、あのときの！」

「思い出した……？」

「よかったね～」

僕ごしによろこんでるコヨトルとウェンウェン。

ふたりがゆうとおり助けたのは僕……僕の、

(のってた馬車！)

びっくりしてふたりのお顔をよぅく見る。たしかに雨の日に見たふたりの気がします。ちゃんとは覚えてないけど、背の高さとかおなじ気がする。ちょっといい感じのローブも着てた。

「あれかぁ」

「思い出したっ？　すごかったですよねー！」

「馬車でドレイの鎖、パチーンて切れた……」

馬車から走ってきた双子にくっついて伸びてた長いヒモみたいなの。アレはドレイの鎖だったんだ……えぐい。よくない魔法だ！　切れてよかった。おケガもしてないし！

……あれ。

「もしかして、ふたりも魔力見えるっ？」

「んーん。見えないよ！」

「そっかぁ」

魔力見える仲間として、いろんなお話できたらと思ったの。ちょっとざんねん。

「見えたらご褒美くれてたっ？」

「う、ううん。ただ森の黒うさぎ見てたら教えてほしいなぁと思っただけ」

「黒うさぎ……ウェンウェン、感じた？　ぼくはわからなかった」

ぼくも～！　って言ってるウェンウェン。感じるって、ど、どういう？

「ぼくたち、魔力は見えないけど、感覚はわかるよ」

「んえ！」

「フラン様の馬車は魔力で満ちてたから、ぼくらの鎖も切れると思った……」

「思ったとおり！」

あの日のことを思い出して涙目でホッとしてるココトルと、しめしめだったね！　って言ってるウェンウェン。

ドレイは良くないことだから、ヒモが切れたのはよかったのかなぁって思ってたら、ココトルのおでこになにかあるの見つけた。

「……ココトル、おでこ」

僕とお顔を合わせてるココトルのおでこに黒いポッチがふたつ。

「うん。ぼくたち、竜人《ドラゴニュート》……」

「珍しいんだってさ！　高く売られそうだったよー」

反対側にお顔をむけるとウェンウェンのおでこにも黒いポッチ。ううん、よく見たらすこし尖《とが》ってて、成長中のツノってわかるよ。

（双子のドラゴニュート。ココトルとウェンウェン）

パパパーッて頭に浮かぶゲームのパッケージ。

うしろのほうに描かれてたけど、もっとおとなでツノも大きくて羽も生えてた。僕は仲間にしなかったけど、物理攻撃がめちゃつよの双子キャラ。

おなまえはあんまり覚えてない。でもなんかそうと思ったら、そうだとしか思えなくなってきた。

だとしたら、だとしたら……！

「ああ、あああー!!」

ダイソレタコトをしたのでは!?

「フラン様……ありがとう」

「コ、ココトル、くん」

思わずくん付けで呼んじゃう。年上だからさんのがいいだろうか。そ、それよりたすかってよかったってゆっていいのかな。帝国でドレイは違法だし、あとよぉく思い出したら、おとなになったふたりはおっきいツノ片方ずつ割れてた、ような気がする。う、うら、うられちゃったトコでなんか良くないことがあったのかもだ。

「んぐぅううう」

「よぉ、戻ったぞ。なにもなかっ、いや大丈夫かっ？　顔がぜんぶ中央に……」

「トレーズくん、トレーズくん！」

パンを買ってもどってきてくれたトレーズくんが、びっくりして僕のまえにしゃがんでお顔をのぞきこむ。心配そうに眉をよせてるのを見たら、なんかもうワーッてなってトレーズくんの首めがけてドインッて抱きついた。

「お、おう。よし、落ちつけ」

「ぺあーっ」

ちょっとのけ反りながら、けどちゃんと受けとめてくれたトレーズくん。僕は首のところにお鼻のねっこをぐしぐし擦りつけて、パニックになりそうな気持ちとめりこみたいくらいの安心と、なんかいろんな感情をまぜまぜした。

ドゥルルルってしてたらトレーズくんは僕の背中をトントンしてくれつつ、双子にお顔をむけた。

「おまえたちは大丈夫か」

「はいっ」

「うん……」

「よし。フラン、なにがあった？」

飛びついた姿勢だった僕をベンチの真ん中にすわらせて、双子もよいしょよいしょって横にズレてくれたから、トレーズくんは僕のおとなりに腰かけた。

「トレーズくん、僕、フラグ管理できなかった……宇宙の法則をみだしたのだ」

「あ？」

うちゅう？　って首をかしげるトレーズくん。おとなりの双子に目をやるけど、双子も同じ角度で首をコテンとしてた。

ゆっくりお空を流れる雲をとおい目で見てたら、おとなりでトレーズくんが紙袋をガサガサ広げた。

ふわっとパンの香りがして、僕のおなかがぐうって鳴る。

「パン買ってきたから食おうぜ。腹へってると気分が落ちるだろ」

「フラン様、丸いパンあるよー」

「小麦のにおい……かいでみて」

気を使われる僕。

まだ気持ちは整ってないけど、でもふたりがパンをおすすめしてくれるのがうれしい。トレーズくんも好きなのとれよって言ってくれるし。

紙袋をのぞくといろんなパンが入ってて、いちばんうえに僕がお願いした丸いパンがのっかってた。

「これ、僕でいい？」

「フラン用だからな。ぜひ食べていただけますか」

「んは、フフッ！　けいご！」

思わず笑っちゃうとトレーズくんはふっと笑って頭をなでてくれた。んへへ、イケメン！

「おまえらはこれな。少しは肉食べとけよ」

「わー！」

「おにく……っ」

トレーズくんが渡したのはベーコンが入ったおっきいパン。ラグビーで使うのかな？　ってくらい大きくてベーコンのせいでずっしりしてる感じある。

ココトルとウェンウェンはいそいそと受けとると、ふたりで芝生にすわって、はんぶんこにして食べだした。

僕も丸いパンをちぎって、ちぎ——

「ンギギィ……んぱっ。トレーズくん、はんぶんどうぞ！」

ブッチ！　って体が揺れるぐらい力をいれてちぎったのを、トレーズくんにおわたしした。

トレーズくんが、あんがとなってゆって一口食べてくれたのを見て、僕もぱくん。むむ、噛みきれない。

かぶりついたからお口から出せないし、僕はそのままもっぎもっぎとがんばって噛みきろうとする。

やっと一口ぶんが離れて、安心してもぐもぐ。

「んふーっ」

「パンの味が濃いな」

「ん！　甘みがあります」

いつも食べるやつより甘い気がする。ちょっと野生の感じがあるからはちみつ使ってるのかも。

見た目よりも固いパンなので、もっちもっちもっちもっちもっちて永遠に噛める。んふぅ、おいしい。

お目めをほそめて噛むことに集中してたらトレーズくんがもうひとつパンを取り出した。

「こっちも食うか？　ハーブらしきもんが入ってる」

「食べてみたいです」

「わかった。待ってろ」

トレーズくんがパンをちぎって、やわらかそうなところを僕にくれた。なかに緑のつぶつぶが見える。これがハーブですかな。

「ん！　ローズマリーおいしい！」

お口に広がるローズマリーのさわやかな香り。おうちのパンほどふわふわじゃないけど、ほどよく噛みごたえがあっておいしい。

「ふぁー……」

右手に丸いパン、左手にハーブパン、お口のなかにはおいしいパンが入ってて、こんなしあわせなことがあるんだなぁ。

春の陽気にぽかぽかしてるベンチで無心でパンを食べてると、さきに食べおわったトレーズくんがお手てをパンパンてはらった。

ベンチにすわったまま上半身を倒すようにして、芝生のうえでベーコンパンを食べてる双子に話しかける。

「で？　さっきのこたぁどういうことだ」

「………」

「………」

お口に入らないぐらい大きくちぎったパンをもぐもぐしてた双子は、無言でお顔を見合わせた。

しばらく無言の時間のあと、ココトルが食べきれなかったパンをお洋服にいれた。

つぎの瞬間。すわった姿勢からの猛ダッシュ！

「わあ！」

「あうっ」

パパーッて走りだそうとしたけど双子はぺしょっと転んじゃった。

「ッハ！　逃げられると思ったかよ。あめぇな」

よく見たらトレーズくんがお洋服の裾を踏んでんの。おおートレーズくんって足長いんだなぁ。

「ブーブー！」

「……ブー」

逃げられなくなったウェンウェンとココトルは芝生にすわり直すと、お胸からパンを出してふたたび食べだした。逃げるのやめたっぽいので、僕もパン食べときますね。うむ、おいしい。

「馬車でスってんのは見たが、なんで似たようなもん持ってた」

「トレーズ、ココトルはそっくりアイテムをつくる天才。ココトルがつくったアイテムとホンモノを見分けられる人などいないのです！」

「……ウェンウェンはとりかえっこの天才」

「へへ！　てれる～！」

お互いを褒めあってニコニコしてるココトルとウェンウェン。

お話しして満足そうだけど、あれ。ふたりの理由ってこれ？　ちょっと僕、理解できてないかもしれない。

「はぁ……」

トレーズくんも頭をかかえるから、たぶんわかんなかったで正解の気がする。

「馬車でスろうとしたカギはなんなんだ？　なんであの男を狙った」

「あれは失われたカラダンダ国のデザインで、かつては重要な蔵などに王族たちが好んで使われたとされる意匠。大胆にして繊細。カギの上部の通し穴は、カギを携帯するという人間の根源的な特性と使用者の感性的」

　ココトルがめちゃくちゃしゃべる。

　僕も途中まで聞いてたんだけど、だんだん知らない国の言葉みたいな気持ちになってきた。パンのつづき食べつつうなずいておくね。

「レアなデザインだから作ってみたかったんだって〜。おじさんのこと三日間つけまわして観察してぇ、本日完成したのです！」

　ココトルがしゃべりおわったあと、ウェンウェンが三行くらいにまとめてくれた。

つけまわしてたのかぁ。　ちょっとこわいなぁ。

「それで入れ替えようとしたのか……盗みが目的じゃねぇんだな？」

「そうそう！　見分けがつかなかったから満足だよねー！」

「うん……」

　はぁーとふかいため息をつくトレーズくん。

　僕もお目めパチパチしちゃう。

（なんか、ちょっとダメな人たちだ）

　なにがどうって説明できないけど、すごくダメと思う。

「いいか。興味本位で人のもんをイジるな。ただでさえスラムにいる人間ってのは疑われやすいんだ。余計な罪までかぶせられるぞ」

「はいっ」

「はい……」

いいお返事をする双子。秒で返されるお返事ってこんなに不安になるんだね。

トレーズくんがスッて目をすがめた。

「……ウェンウェン。急にコヨトルが金持ちの家に連れていかれたらイヤだろ」

「そんなやついたら頭食べちゃう！」

「コヨトルも。ウェンウェンがさらわれて、ニセモノを渡されたらイヤな気持ちになるよな」

「溶かす……」

こわぁ！

ドラゴニュートだからドラゴンに変身したらほんとに食べれちゃうかも。お口から火も吐けるだろうし、ポップでウェットなジョークに聞こえないよぅ。ウェットもわかんないけど。

「あの男にとったらカギがそうかもしれねぇんだ。むやみにやんなよ。うちのボスは道理に反したことをきらうし、オレもそうだ」

お顔を見合わせるコヨトルとウェンウェン。

「わかった……」

「ガッテン承知のすけ！」

ぼやっとしてるコヨトルと、ビシッて敬礼してるウェンウェン。でもさっきよりトレーズくんの言葉が刺さった感はあった。

†教会のゾンビ

ふしぎなおやつタイムがおわってみんなでごちそうさましたら、トレーズくんが公園の入り口を見てハッとした。すごい勢いで立ちあがって、でもなんか足が動かないような、僕のことを気にするご様子。

「トレーズくん？」

「……あそこの行商から薬を買ってきたい。帝都に半年に一回しかこねぇんだ。けどあいつは貴族にもツテがあるから、フランを連れていけない」

「んあ。はーい、待ってるねぇ」

「クッ……」

まだ迷いを見せるトレーズくん。んんん、お薬屋さんが公園を出ていきそう。僕までそわそわしてくる。

「トレーズ、追いかけないと行っちゃいそう……」

「ぼくたちはフーちゃんのこと見張っててあげる！」

双子さん……！

「トレーズくん、僕、ちゃんと見はられてます！」

「……っわかった！　助かる！」

すぐもどるってゆって、トレーズくんが猛ダッシュで行商人を追いかけてった。思ったより移動が速くて行商人、見えず。

「ま、間に合うかなぁ」

「トレーズはよく走ってるから平気だよぉ」

「う、うん」

んはー。姿が見えないほうが心配になるものなんだぁ。僕はココトルとウェンウェンにはさまれつつ入り口をちらちらしちゃった。

「……あ、神官だ……」

そうやってしばらく待ってたら小物を手元でいじってたココトルが、公園のすぐ外にあるちいさめの教会にお顔をむけた。このベンチからだとぎりぎり正門が見える。

ぐったりした感じで教会にむかうのは冒険者さんだ。

ヨロイに血がついててヒッてなるけど、ようく見ると体におケガはないからポーションとかで回復済みなんだと思う。なんでよく見たかっていうのは僕もよくわかんない。でもなんか見ちゃうんだよね。こわいと思っててても見ちゃう。へへ。

ウェンウェンたちはこわくもないみたいで、興味深そうに冒険者たちを眺めてた。

「呪詛《じゅそ》攻撃でも浴びたのかな。屍人《ゾンビ》みたいだね！」

「元気なほうの屍人」

「ゾンビに元気とかあるの」

「階段ののぼり方がちがくない？　こう、意志があるっていうか」

「うん。まだやる気がある時代の屍人」

「そ、そうなんだぁ」

神官さんたちが出てきたけど、教会のなかには入れたくないのかな。さりげなくガードしてるよ。

神官さんは数人で冒険者さんのまえに立つと、おいのりを始めた。ラジオ体操みたいに両腕を大きく回しながら、手首の飾りの音を立てる。全員がおなじモーションでやるからなんかおもしろい。二回ぐるんぐるんて腰から外したアイテムを空へかかげておいのりのお顔。

（んあ、魔力）

腕回しのときはなんともなかったけど、おいのりしだした途端に魔力が神官さんからあふれた。オシャレな虫メガネみたいな解呪アイテムに集まった魔力は、触手みたいに伸びて冒険者のお鼻やお口に侵入。

触手はどんどん入ってく。冒険者さんたちはぐったりフェイスでされるがまま。

（ほぐぅ。見てるだけでおえってなりそう）

ちょっとしたら触手が巻きもどりだして、冒険者さんのお口からトゥルンッて出た。出たけどなんか黒いの持ってる……！

「あ、あれ、あれが！　ジュソ!?　ひえええぇ」

「？　フーちゃんどうかした？」

「神官の顔がにがて……？」

双子はもう飽きてたみたいで公園の木にくっついてる虫をながめてた。

振り返って僕を心配してくれたけど、お礼をゆう余裕ない。だって冒険者さんから出てきたのまぁまぁ大きいよ。虫メガネから伸びた触手《魔力》が「とったぞー！　でっかいぞー！」って空中をブリンブリンに飛び回ってるし、あれをどうするか気になる。

「ありがとうございました！　いやぁ助かりました〜」

冒険者さんたちは触手も黒いカタマリも見えてないっぽくて、すっきりしてお金はらって帰ってった。

教会のまえで見送る数人の神官さんと、上空で呪いをわっしょいわっしょいさせてる触手。

（エクストリームホラー感）

僕の理解をこえた景色である。まあね、アスカロン帝国って前世の僕からしたらぜんぜんちがう世界だもの。

うむ。こういうものなんでしょう！

むりくり納得して見守ってると、触手たちはだんだんおとなしくなっていってズズズーって虫メガネの飾りの中に吸いこまれてった。黒いカタマリもいっしょに入ったから、飾りがちょっと黒くなっちゃった。神官さんたちに影響はなさそう。

「おう。待たせた。大丈夫だったか？」

「んあ、トレーズくん！　おくすり買えた？」

お薬を買いに行ってたトレーズくんが紙袋持って帰ってきた。だいぶ急いだのかはぁはぁしてる。

街で使われてるお薬ってどんなんなんだろ、って思ってたらトレーズくんが袋をあけて見せてくれた。

「葉っぱパンパン」

「クモアシゼラニウムの葉だ。擦り傷や軽いヤケドに効くんだぜ。すぐ必要な薬じゃねぇけど、冬買うより今が安いんだよ。買えてよかった」

「よかったね！」

「ああ。……ところで、あのふたりはどこ行った？」

「んえ？　そこに、いない！」

さっきまで昆虫の木登り見てたのに、気づいたらいない。ええ、すごい。こんなに近くにいたのにいなくなった気配わかんなかった。キョロキョロしてもいない。

「見張り交代のルールを教えなかったからな……」

トレーズくんはハァァってため息をついて、僕と手を繋いでくれた。片手には紙袋を抱えて、そのまま歩きだす。

「待ってなくて大丈夫？」

「道はおぼえてるから、テキトーに帰ってくんだろ。よくあるから大丈夫だ。それよりいつもより長居したろ。おまえは早く教会に戻んねぇと」

「んぶぅうううう」

「な、なんだよ。……そんなに顔ってふくらむのか」

「おなまえ呼んでください」

さっきは呼んでくれたのに。

「ぐ、……教会に行ったらな」

「はい！」


「んはー。きょうもかしこくなっちゃったなぁ」

ここそこそもどった寝室。ベッドにもぐりこんで、僕の身代わりに寝かせてた狼《おおかみ》のぬいぐるみといっしょに横になる。

「冒険してジュソ攻撃されたら、教会で治せる。スリキズにはクモアシゼラニウム。春がお買いどくなんだって」

いつか必要になるかもしれない旅の知識です。まだね、悪役ルートからの国外脱出パターンはあるからね。覚えておかなくちゃだ。

メモに書いておきたいけど、メイドに見つかったらメモのことご説明できない。

「狼さん、もういっかいゆうね。ジュソは教会。ゆうりょうだよ。ころんだらクモアシゼラニウム。いまがおやすい」

狼さんの手をぎゅっぎゅしながら、ちいちゃい声で何回もゆう。

そうするとだんだん眠くなってきて、いつの間にか寝ちゃうんだ。

（睡眠学習というやつ……）

うとうとしてきた頭で、僕はコウリツテキなお勉強してるなぁと自分をほめたのでした。

閑話　まわりの人たち（執事）

トリアイナ家の執事は誰もが憧れる職業である。先代の執事は私の叔父で、非の打ちどころのない立派な仕事ぶりだったと聞く。私も家名に恥じない働きをしようと決意し十七年。やっと慣れてきたところである。

朝日が昇る前に起きて、敷地の中を走る。息が上がる程度の速度だが、日課にすれば足の鍛錬になった。

お屋敷を護《まも》る兵士や庭師など、すでに動き出している者も多い。

「ファウルダス様、おはようございます」

「おはよう。異常はないか」

私は屋敷内にいるので、外仕事の者たちと顔を合わせることが少ない。走り込みはその者らと挨拶できる良い機会でもある。

お屋敷に戻り魔法で身を清めると、すぐに執事服を着た。そろそろ旦那様を起こす時間だ。

お部屋にお邪魔して、寝室をノックする。最初の四回は弱く、つぎの四回は強く。

なるべく音を立てないように寝室の扉を開けて中に入ると、ベッドから体を起こす旦那様が見えた。

「おはようございます、旦那様」

「うむ！」

お声をおかけすると、カッ！　と目を見開く旦那様。もうこれでしっかりお目覚めになられただろう。

ベッド端まで行ってサイドボードに銀トレイを置く。ぬるめに入れた紅茶を差し出すと、旦那様はすぐに受け取ってくださった。

「紅茶でございます」

「うむ。……苦味が良いな、臓腑《ぞうふ》に染みる！」

「先日遠征なされたステファン様からのお土産でございます。魔力の多い土地で採れた茶葉だと」

「うむ！」

ぼっちゃま方の話をすると旦那様は笑顔になられる。

その隙に従僕を呼んで、朝の準備。

「御髪《おぐし》を失礼いたします」

「むん！」

特注で作らせた繊細な歯の櫛《コーム》を使って、旦那様の髪を整える。艶のある赤で立派な髪であるが、朝は獅子《しし》のように広がっているのだ。

三人がかりで整え、本日は出勤予定がないのでお召し物は室内用をご用意する。

「朝食の前に馬に乗ってくる！　スープは冷めていてもよい」

「かしこまりました。お気をつけて」

玄関まで旦那様をお見送りし、次の仕事へと向かおうとすると、トリアイナ家のご子息お二人が連れだって歩いていらした。こちらにこられるまで頭を下げてお待ちする。

「おはようございます、ステファン様、セブラン様」

「おはよう」

「おはよう、ファウルダス」

最近、急激に距離を縮められたご兄弟。こうしてお二人で朝からご一緒なのを見ることなど、今まではなかった。

「外でセブランと稽古をしてくる」

「ボクの朝食は軽めにしてと、料理長へ伝えてくれる？」

「ダメだ、しっかり食べよ。ファウルダス、量は変えず、セブランの朝食は消化の良いものにしてくれ」

「かしこまりました」

セブランぼっちゃまは少し驚いた表情をされたあと、照れ笑いのように目を細められた。それから私のほうを見て笑いながら肩をすくめてみせた。

おそらく鍛錬場へ向かうお二人をお見送りし、従僕に朝食の指示を厨房《ちゅうぼう》へ伝えるよう命じる。

使用人たちに今日の予定を伝えるために控え室に向かったり、旦那様宛てのお手紙を仕分けたりしているとあっという間に朝食の時間になった。

旦那様もそろそろお戻りになるだろう。

再び玄関へ行き待機していると、二階からフランぼっちゃまが降りていらした。

「フンフン～フッフー」

朝から機嫌がよろしいようで、鼻歌に合わせて足もステップさせている。階段でも降りたり、降りなかったり、ずいぶんご自分の歌の世界に入っているようだ。

「あ！」

手すりにつかまりながら右足を下ろしたり、上げたりしていたフランぼっちゃまが、急に階段の真ん中でストンとしゃがまれた。

「おくつ……」

「ぼ、ぼっちゃま、階段では危険でございます。キティが下までお運びいたしますので」

「んあ、よろしくおねがいします」

フランぼっちゃま付きのメイド、キティがぼっちゃまを小脇に抱え上げた。一階まで来ると、そっとぼっちゃまを床におろす。安定感のある運び姿であった。

床に足がつくと、またすぐにしゃがむフランぼっちゃま。

「おくつ、ヒモがペロペロ」

見ると靴の紐《ひも》が解けかけていた。おそらくステップを踏みすぎたのだろう。

「フランぼっちゃま、おはようございます」

「ビャッ!?」

足音を出さなかったせいか随分と驚かれた。

私もぼっちゃまの正面にしゃがみ、靴紐をしっかりと結んで差し上げる。

「ダンスがお好きでございますか」

「んぬ？　んー……」

6歳になられてしばし。

小さな頭をかしげられたフランぼっちゃまは、じっくり考えてくださる。昔はよく癇癪《かんしゃく》を起こしていたが、最近はだいぶ落ち着かれ、笑顔のことが多い。

「ふつう！」

「ふつうでございますか」

「うん！」

にっこりして大きな声でお答えいただく姿は旦那様と重なる部分がある。

「料理長が、今朝のアップルパイは良い出来だと申しておりました。食堂へどうぞ」

「！　はぁい！」

アップルパイアップルパイ、と口ずさむフランぼっちゃま。跳ねるように歩かれるのは無意識なのでしょう。

あんなにお小さいフランぼっちゃまも、いずれ大きくなられる。キティの小脇では抱えきれないかもしれない。

私は昼の日課にしている酒樽《さかだる》の上げ下げを、今日からもう百回増やそうと決意したのだ。

第4章 春のうららを満喫しちゃうこともある

Akuyaku no Goreisoku no Dounikashitai Nichijyo

†おそらくお兄様はせかいいちすごい

お外のブランコでゆらゆらしてる僕。公爵家三男、7歳です。

「んはぁー」

真上を見てるからお口があいちゃう。

ブランコ、大きい木にロープでむすんでるんだけど、あんな高いところにどうやってむすびに行ったんだろ。お父様の背よりも高いんだよ。

(ジャンプしていけるのかなぁ)

お父様とかステファンお兄様、あ、庭師のおじいも背が高いから、びゃってジャンプしたらいけるのかも。

真上を見ながら両腕をピンって伸ばしてのけぞる。

木のとこのむすび目を見たらなんか鉄っぽいのでぐにゅぐにゅってなってた。おおー。ロープをただむすんでるだけじゃなさそう。

「んあーブァ！」

「ぼっちゃま！」

すっきりして起きようとしたらすわってたとこが思ったよりうえに行って、ぐるりんってブランコごとでんぐり返しする僕。いい感じにお手てが離れたので地面にごろり……ってなりました。

地面にほっぺつけながら転んだなぁって思ってたら、向こうから走ってくるセブランお兄様が見えた。

「フラン大丈夫か⁉　ケガは！」

「だいじょうぶです」

芝生のうえだしブランコは低いとこにあるから転んでもぜんぜん痛くないんだよ。

セブランお兄様が抱きかかえてくれておケガをたしかめるようにお顔をつつんでくれる。横からはキティがポーションを頭からふりかけてくれた。ポーションってサラサラだから、頭からかけられてもすぐ乾いちゃう。飲んでも効果あるし、ふしぎな液体。

「はぁ……」

お兄様はホッと息をついて、ほっぺから離したお手てをじぶんのお胸のとこにあてた。

「？　……ハッ、お胸いたいですっ？　ポーションかけますかっ？」

お兄様がご病気だったらどうしよう……！　僕はあわてて芝生のうえに正座して、セブランお兄様のお胸とお顔を交互に見た。顔色はよし！　お胸はわかんないけど、お耳あててしんのぞうの音を……！

「ふふ、ありがとう。ボクは大丈夫だよ。フランが頭から落ちていったからとても心配したんだ」

「ブランコひくいから平気でした」

「うん」

セブランお兄様のお胸に頭を近づけてたからそのままギュッとしてもらえた。ふへへ、なんでもないなら良かった！

うっかり落ちて心配おかけしましたってお顔をあげると、視界に入ってくる心配げな使用人のみなさん。こちらにもご心配を……。

「んあ!!」

「ど、どうしたっ。やっと痛いところに気づけた!?」

やっぱり、みたいなお顔をしてるセブランお兄様。あれ。僕、セブランお兄様にめちゃくちゃニブいと思われてる疑惑あるな。

ちょっと引っかかるとこはあったけど、そうじゃない。いまはもっと重要なことがあるのだっ。

「セブランお兄様、ブランコからおっこちたのは僕です！」

「うん、そうだね」

「僕がひとりでごろりんってしたので、メイドとか使用人とかはあの、ぜんぜん、あの、ムジツでして！」

僕ってエラい貴族の子だから、ブランコから落ちたのはメイドたちがちゃんと見てないせいいってなっちゃうかもしれないって気づいた。

おケガはなかったけど芝生に倒れていたのは事実でありますし、どうだろ。貴族社会的にこれは使用人たちはセーフ？　アウト？

（ぼ、僕のせいでだれかがクビになったら……）

……。ぐおおおお。ちょっと考えて、おうちから出ていく使用人とかを想像しただけでも罪悪感すごい。むり！　たえられないっ。

リアルに考えだしたらなんかもうワーッてなった。

（ここはおのれのせいってことを、セブランお兄様にガッチリゆっておかなくては）

「ブランコたのしいですし！　調子にのって落ちることよくありますし、ぜんぜんそれもたのしいですし！　むしろ落ちるまでが僕のなかのブランコであってぇ……！」

前世の記憶を思い出すまではカイコしてやろうか、とか気軽にゆってたけど、そんなのもうゆえない。

両手をぎゅってして、伝われ！　とつよめに思いながらセブランお兄様を見る。

「……」

セブランお兄様はそんな僕をじっと見てた。

一度目を閉じて考えるそぶりをすると、セブランお兄様はゆっくりと立ち上がった。僕もびゃって立ち上がって気をつけする。

「フラン」

「はいっ」

「ブランコから落ちたのはフランの不注意？　使用人たちの監督不行き届きではないと？」

「はい‼　かんと、かんとくふゆー、ええと、僕がへんなカッコしてぐらってしたせいですっ」

前世でも、教室でおイスのうしろに体重かけてグラグラしてたらバタンってなることあった。あれ。いま起きたのはあれといっしょ。最初からさいごまで、僕自身の力でやったことでありますっ。

セブランお兄様は僕のお目めをしっかり見てくる。う、うそかホントかチェックされてる感じがする。

無言で見つめ合うお時間がつらいけど、僕もお目めそらさないぞっ。

「……フラン」

「はいっ」

力づよくお返事したら、セブランお兄様は微笑《ほほえ》んで肩をぽんとしてくれた。

「よくわかった。今回の件では誰のことも罪に問わないと、ここでボクが約束しよう」

「！　ムザイですか⁉」

「ああ。フランにケガもなかったようだしね」

「んあああーっ、よかったです‼」

よかったぁ。だれもえらいことにならなくて本当によかった。悪役になるとかならないとかもあるけど、そうじゃなくて、僕の体幹のせいでお仕事をクビにさせるとかもうほんと大罪でしかないもん。

僕ももうブランコでへんなかっこするのやめよっ。

「ぼっちゃまのお優しさ……！」

セブランお兄様に頭をなでられてたら、キティがうしろで倒れてる気配がした。

「アーッぼっちゃまー!!」

「染み渡りますー!」


手を繋いで玄関からおうちに入る。

セブランお兄様は帰ってきてすぐ僕のとこに来てくれたらしくてお外着のままだった。

「セブランお兄様、今日はずっとおうちですか？　おうちでおやすみですかっ？」

「うん。あさってまで休みだよ」

「んあー！　おやすみっ」

セブランお兄様はまじめだからおうちで騎士のお勉強とかするだろうけど、ぜったいに自由時間はあるはずなんだ。お付きの人が「ご休憩してください」ってゆうもん。

おじゃまにならないお時間なら、いっしょにお風呂とかあそんでもらったりとかできちゃうかも！

「ふぁああー」

想像したらたのしみすぎてお口から勝手に声が出た。

「ふふ。いっしょにお茶をして、あとでお風呂に行こうか」

「もう!?　もういいのですかっ？」

「うん。着替えてきたら、庭園でおやつを食べようね」

「んはーっ、うれしいです！」

お勉強してからだと思ってたから、すぐにいっしょにおやつ食べられるなんて！

さっきひとりでブランコゆらゆらしてたのがウソみたい。うれしい気持ちが体のなかをぶわーって走り回って、どうしようもなくなった僕はお兄様に抱きついた。

お兄様はよいしょって抱っこしてくれて、ほっぺにいっぱいキスしてくれる。

「ボクもフランと過ごせて嬉《うれ》しいよ」

「んひゅふ。両思いです」

僕もセブランお兄様の首に抱きついていっぱいチュッチュチュッチュしたのでした。


庭園にはティーセットが用意されてた。おいしそうなパンとスコーン、それから春らしいピンクのお花も飾られててかわいくなってる。紅茶はセブランお兄様がお好きなのにしてってお願いしたから、あのティーポットのなかはセブランお兄様のお好きなやつになってると思う。

僕はふたつあるおイスの片っぽにすわってソワソワしてた。

ならべられたパイのなかでもアップルパイが特においしそうだけど、食べないでがまんできるよ。

「フラン、待たせたね」

「セブランお兄様！」

おうちのほうからゆっくり歩いてくるセブランお兄様は室内用のお洋服になってた。おでかけしないお洋服だ！　やったー！　今日はずっと家にいてくれるぅっ。

僕はお鼻の穴が大きくなるのを感じつつ立ちあがってお兄様が到着するのを待つ。

むぎゅっとハグしてほっぺにちゅう。

僕のつむじにキスしてくれたセブランお兄様はテーブルのうえを見てちょっとびっくりした。

「お茶も飲んでいなかったの？　のどが渇いただろう、始めよう」

「はいっ」

セブランお兄様がお席についたらメイドたちも素早く紅茶をそそいでくれる。ふたりでアップルパイをとって、いただきます！

んあーおいしい～。

「しみわたるぅ」

アップルパイをお口にいれたらほっぺに手をあてておく。そうしないとおいしすぎて弾《はじ》けとぶかもしれないからね。んふぁー。

「そうだ。フランが知りたがっていたフィードの森の一角兎《いっかくうさぎ》だけれど」

「モヤモヤうさぎ」

おじい様のとこに行く途中で見た真っ黒うさぎだ。コボルトっていう犬モンスターをすごい勢いで追いかけてたんだよ。

そのあとでおじい様の領地で見たおなじうさぎは茶色かったから、黒かったのはモヤモヤのせいなんじゃないかなって思ってる。

「そう、馬車で見た呪いのかかったらしい一角兎だね。父様にご報告をしたら城から兵士を出して捜索してくれた」

兵士がソーサクを。

あのうさぎは自動販売機ぐらいあるので、ちゃんと戦える人が探したほうがいいと思ってたから良かった。森のなかでうっかり出会っちゃったらあぶないもん。兵士なら安心です。

「二日間ほど探したけれど不審な兎は見つからなかったそうだ」

「んあ、うさぎなおったのですかっ？」

「うーん。人のときは解呪が必要だったけれど、魔物ならばあるいは自然と治ることもあり得るのかもしれないね」

「やせいはつよいですもんね！」

「ふふ、そうだね」

よかったよかった！

前世でやったゲームのなかでも他のモンスターが使う『呪い』っていう魔法効果があったもん。うさぎのは皇帝のおイスから出てたモヤモヤとちがうモヤモヤだったのかも。自然と治るんならお風邪みたいなやつかな！

安心したからアップルパイおかわりしちゃう。はぁーリンゴおいしい。

セブランお兄様は赤いベリーのパイ食べてた。サラダもちゃんと食べててえらいなぁと思います。

「解呪といえば、教会に聖女様が正式に入られた。浄《きよ》めなどを済ませたら集会に参加することもあるそうだよ。そのうちフランも聖女様を見られるね」

「べぇ!?」

あっさりと告げられる聖女さんの誕生のお話。

「せ、せい、せいじょ……」

な、な、内定がどうとかは聞いてましたが、もう？　もう聖女として働きだしちゃってた？　僕まだ悪役としてもよい子としても始めたばっかりなのに、聖女さんはもう職業決まったんだ！

「夏の集会ですか？　僕、僕は夏で、夏で……」

尽きますか、運命。

よい子になろうと思ってたけどやっぱり足りてなかったかな。それとも逆に？　逆によい子になろうとしてたから、運命側が調節のために聖女さんを動かしだしたとか……。

「ああ、いや。もっと先になる。聖女の正式な披露目はずっと先だと思うよ」

「しょうそ!!」

「勝訴……?」

ゾン！　って両腕をあげちゃう。

「ふむぅ、いや、けど油断してはならぬぅ」

あげてたお手てをゆっくりおろして、ナイフとフォークを握って考える。

ゲームでは聖女になってちょっとしてから勇者と出会って、魔王を倒すためにレベル上げするんだよね。

(だけどいまから聖女さんがパワーためだしたら、15歳になるまえにフルパワー聖女さんとして完成するかもなので、つまり、僕とか……オーバーキル………)

カラランて、ナイフたちがお手てから離れた。

「んうぅうぅ〜っ」

「フラン、前歯が……」

泣いちゃいそうな気持ちで、どうしていいかわかんなくて、お顔がぎゅっとなって前歯が出ちゃう。

急に情緒不安定になった僕に驚いたセブランお兄様は、おイスから立ち上がって僕のところまで来てくれた。

見上げたセブランお兄様はやさしく微笑んでる。

「フラン、フラン。なんだかわからないけれど、あまりひとりで悩むものではないよ。困ったことがあれば、兄様が助けるからね」

「んあーっセブランお兄様ー！」

「よしよし」

すわったままセブランお兄様のおなかにドムッて抱きついたら、ぎゅっとしてくれてそのまま頭をなでてくれた。

圧倒的な安心感に、僕はしばらく抱きついて離れないでいたのでした。

†あっくんと魔法の授業

魔法使いさんたちが働くところ、魔法庁にはじめてやってきました。

お城の敷地のはじっこにある大きな塔が目印で、古くて大きい建物だ。前世の学校みたいな感じ。僕がいつも行くとこは騎士がいっぱいうろうろしてるけど、ここだと黒いローブを着た魔法使いさんがうろうろしてたよ。家庭教師のせんせぇは、ここがお仕事場でおうちもここなんだって。

僕は朝、馬車で来て、せんせぇの案内で魔法庁の練習場のひとつにいます。体育館の半分ぐらいの大きさ。青いタイルの床にはポツポツ光ってる箇所があって、防炎とかの魔法陣になってるんだって。

「あっくん。えと、おはようございます」

「おはようでござる！」

せんせぇと待ってたら、あっくんが扉を開けてとことこやってきた。通いなれてるみたいでお荷物を好きなところに置いて、肩とかまわしてる。

「いやー合同練習とはオツですなぁ」

「う、うん！　よろしくねっ」

「よろしくでござる！」

僕のが兄弟子のはずだけど、あっくんの隠しきれない強者感がすごい。やっぱり勇者だから魔法を使うのに慣れてるみたいだ。

「準備はいいですね。では、授業を始めます」

せんせぇが僕たちのまえに来て、淡々とお勉強の開始を宣言した。せんせぇは生徒がふたりでもいつもと変わらないんだなぁ。

「フラン様は体内の魔力のめぐりを意識し、安定を図ります」

「はいっ。んぬぬぬぬぬ……」

おうちのときもやるやつだ。

両足をばってひらいて、目をとじる。体のなかに集中するとおソバみたいな灰色の魔力が見えるよ。

これが僕の魔力の色なのである。

（あっくん、いや、弟弟子よ！　見なさい。これが僕の魔力操作！）

んふふ、僕は兄弟子ですからなぁ。気合いが入るよね！

魔力をとらえたら体中に行き渡らせるみたいにぐるんぐるんとさせる。肩ぁ、背中ぁ、おなかぁ……むぅ、足首のところがむずい。

「アーサー。前回の土魔法を」

「はいでござる！」

すこし遠くであっくんの魔力がうごめく気配。コントロールがおじょうずなのか、こっちまで魔力は来ないけど、なんか大きなものの気配がある。こわい。弟弟子のほうこわい。

見たら後悔しそうだなぁと思いつつ、僕はちょっとだけ、ちょっとだけの気持ちでうすーくお目めを開けた。

（ふあー！）

あっくんのまわりに集まる魔力。床はタイルなのに、砂みたいなつぶつぶが浮かんでる。

ドゴン！

にぶい音を立てて地面がもり上がり、タイルを割ってあふれた土がみるみるゴーレムに！

「ひゃえっ、ぱっ」

あわててお口を押さえる。びっくりしすぎて大きい声出るところだった。だって見て。二階建てのおうちくらいのゴーレム‼

床がボロボロだとか、大きすぎるゴーレムだとか、そういうのは気にしないおふたりは、冷静にできあがりをチェックしてます。

「われながら、かっこいいでござるな〜。アルネカ師、これは往年の巨大ロボのデザインでして！あらゆる世代に影響を与えた黎明期《れいめい》のロボットアニメでござる！　額のところに乗りこんで口頭で操作するのがかっこよくて……その少年の名を冠した愛好者も出現するほどでやはり始祖のデザインというのは」

「……？　そうですか。アーサー、ゴーレムの首は動かせますか」

「やってみるですぞ！」

あ、あんなの動かすの。おうちくらい大きい土のロボットだよ。勇者にロボなんて持たせたらもう最終段階じゃん。あらゆる悪役がおわり！　おしまい！　ってなるよ。

（ヒェ。ほんとに？　ほんとにアレを使うの……）

ぜつぼう。

なんだか幻を見てるみたいで、もはやのんびり観察できちゃう。僕は魔力をねるのをやめて、あっくんの土ロボを見守った。

「土ロボ、発進！」

「……？」

あっくんが拳をつき上げるけど、土ロボ、ぴくりともせず。

「くぅーっ……動かないでござる」

「操作のための魔力量を超えたのです。大きなゴーレムを使役するには魔力の分配はもちろん、使役者の魔力が大きくなくてはなりません」

「なるほど。拙者はまだまだ伸びしろがあるということですな！」

せんせぇは予想してたみたいで動かない理由をしっかり教えてあげてた。それを聞くあっくんのポジティブさよ。

動かなくてよかったけど、あっくんはやる気にみちみちしたお顔してる。いつか土ロボを動かせちゃうんだろうなぁ。

（……未来の僕のときだったりして）

とさり……。

なんか体に力が入らなくなっちゃった。

地面がここちいい。このままめりこみたい気持ち。石ころでもいいよ。そしたら勇者の土ロボにボコボコにされるっていう、新しい展開は回避できるもの……。

「ぼっちゃま！」

「キティ、はめつルートを新設するなんて、神様はやる気だよね……おしごとねっしん」

僕が地面をあじわってると、待機してたキティたちがすぐに駆けつけて抱き起こしてくれた。

へへ。ぐんにゃり。

「フラン様！」

「フランさま！　どうしたでござる!?」

「ぼっちゃまが、瞑想《めいそう》のお時間に入られました。すぐに甘いものを用意してください」

僕のことを心配して駆け寄るせんせぇとあっくん。そのうしろでゴーレムがさらさらと土にもどってったのを見て、僕は「まだ猶予はあるんだなぁ」って思ったのだった。


「いやはや、びっくりしたでござる。フランど、フランさまは体が弱いのでござるか？」

練習場のはじっこにあるベンチにすわらせてもらった。

どっからかテーブルも用意されて、慌ただしく人が動いてる。おとなりにすわって僕を見守ってくれてるあっくんが心配そう。

おうちの感覚で床にぺったりしたけど、こんなに心配してもらうともうしわけなくなってきちゃう。

「んーん。ちょっとあの、地面に寝たくなっただけ」

「地面に。ムムム、もしや今世のフランどのは土属性なのでござろうか。デバフ担当と思っていたが拙者の知らない要素が」

あっくんがブツブツ言ってる。わりと大きい声だからまるごと聞こえてくるよ。今世の僕の魔法属性を考えてるっぽいけど、倒すための対策じゃないといいなぁ。

「フラン様が城までいらっしゃっての授業は、やはり体力が持たないのでしょうか」

テーブルをはさんで向こうに立ってるせんせぇもブツブツ。僕は体力がムキムキじゃないけど、朝からお城に来るのはぜんぜん大丈夫。今日はほんとに、メンタルに、メンタルにつよめのダメージが入っただけなんです。

(けどご説明できない)

あっくんにもせんせぇにも、前世のことをゆえないいなって思う。ゆったらなんか、あの、仲良しになれたのがダメになっちゃいそうな気がするんだ。

(ちゃんとよい子になったら、お話も信じてもらえるかも)

へふ。ため息出た。みんなと仲良くなってきたから、せめてこのままをキープしたいなぁ。

「お待たせしました」

「寮中からお菓子をかき集めてきましたよ」

「厨房《ちゅうぼう》はいまフル稼働させてるから、できたてお菓子はもう少しお待ちを〜っす」

魔法庁の人たちがお菓子持って練習場に来てくれた。いちばん年上の人はさわやか短髪で、真ん中くらいの人はせんせぇとおんなじフンイキだけどもっとやさしそう。せんせぇより年下の人はなんとなく野球部っぽい。ボウズだからかな。三人ともいい人そうだ。

あと、みんな魔法使いでせんせぇとおんなじローブ着てた。黒いローブで、腕に抱えてるのは茶色いお菓子がいっぱい入ったバスケット。

お湯も用意してくれてて、メイドたちがポットにしゅばって集まって紅茶の準備してくれてた。

「アルネカの分もあるから食べろよな」

「イスも持ってきたっす」

「ありがとうございます」

せんせぇのお知り合いなのかな。みんなせんせぇの肩をポンポンって叩《たた》いてくけど、せんせぇは無表情でお礼をゆうだけ。うむ。せんせぇのお顔からは仲良し度わからず！

魔法使いさんたちも気にしてないみたいで、テーブルのうえに持ってきたお菓子を並べたらすぐに練習場から出てっちゃった。

いっしょに食べたらよかったのになぁ。せんせぇ、さみしくないかなって見たら、お見送りにチラッて見ただけでお菓子に興味もってた。魔法使いさんはクールな人がおおいのだろうか……。

「フラン様、こちらが栄養価がたかいおやつです。どうぞ」

「いただきます！　……んあ、おいし！」

魔法使いさんたちが持ってきてくれたビスケットがおいしくて、お目めが大きくなっちゃう。小麦と木の実の風味がうっすらあって香ばしい。これは……素材にこだわりを感じるおやつだ！

「おいしいビスケットですねっ」

「サクサクしていて水分がぜんぶもっていかれますな。拙者、どこかで食べた気が……あ！　カンパン！」

ゆわれてみると前世の非常食に似てるかも。

あっくんももしゃもしゃ食べて、すぐ紅茶飲んでた。お口のなかパサパサになるもんね！ご用意してもらった紅茶もおいしくて、ビスケットがすすんでしかたない。おいし、おいし。

「魔法使いはその性分からか、一度研究に入ると食事をしない者が多いのです。調理場の者たちへ依頼し、ただ栄養価が高いだけの食べ物を作らせた結果がそちらです」

「聞けば聞くほどカンパンですなぁ」

栄養だけのお菓子なんだぁ。お口のなかパサパサにはなるけど、そのおかげで紅茶とか水分欲しくなるし、これで栄養とれるならいいお菓子なのかも。

おいしいから、カンパン（仮）をせっせと食べてたら味がちがうのも欲しくなってきた。ここらへんで甘いのはさんだら、そのあとでもっとカンパンがすすむと思うんだ。

「甘いのもほしくなるなぁ」

無限おやつの食べ方を生みだそうとしてる僕を見たせんせぇは、あ、とすこしだけお口を開けて「そうでした」って人差し指で空中に円をかいた。

せんせぇは、スン！って空中にあらわれた箱をつかむと、僕たちのまえにおいて、ていねいにフタを開けてくれる。

「先日買ってきた飴《あめ》です。どうぞ」

アメ！

箱のなかにはカラフルでちいちゃいアメが入ってた。小指のツメくらいの大きさでかわいい。コンペイトウみたい。

「お！　これは二番通りのキャンディ屋さんですな」

「あっくん、知ってるの」

「ぬふふ、拙者の家の近くにできたキャンディ屋さんですからな」

「んはぁー話題のご近所さんだ」

「高くてなかなか買えないけど、お店を見てるだけでもカラフルで華やかでござるよ」

高いお店なんだって。あっくんがすごいすごいってゆってるから、ほんとうに買うのがレアなアメなのかも。レアアメをほいって出してくれるなんてせんせぇオトナだなー！　ってふたりでせんせぇを見たら、ちょっと照れてた。

「飴の相場はわかりませんが、素材の風味がしておいしいと思いました」

ほほほう。素材の味のするアメってなんか良さそうっ。

「せんせぇ、いただきます！」

「いただくでござる！」

「どうぞ」

僕は赤い色のアメ、あっくんは緑色のアメを指でつまんでパクン。コロコロ。

「んふぅ～、イチゴ！」

おいしいっ。

「拙者のはぶどうっぽいですぞ。甘くておいしいでござる～」

「ね～！」

ほっぺを両手で押さえて、お口のなかでコロンコロンさせちゃう。甘くておいしいよぅ。すこーし魔物の感じもあるから、野イチゴの味なのかも。

アメはあっという間に溶けてなくなったけど、お口のなかがまだまだしあわせだし、紅茶を飲んだらイチゴの風味になったよ。これならカンパンもすすむというものです。

「んあー何度でもたのしめるぅ」

「お得ですなぁ」

「せんせぇ、ありがとー！」

「とてもおいしいでござる！」

あっくんとお顔を見合わせてニコニコして、それからせんせぇを見る。大満足のおやつタイムです！

せんせぇはちっちゃい声で「どういたしまして」ってゆって、だいだい色のアメを食べてました。


「そういえば拙者の家、お靴屋さんをすることにしたでござる」

練習場でおなかいっぱいになった僕たちは、ベンチにすわったままふうーとため息をついてた。

もうそろそろお別れのお時間かなぁって思ってたら、あっくんが帝都暮らしのことをお話してくれたんだ。

「おくつやさん？」

「さよう。父親はもともと地元の村でもお靴屋さんをしてまして。帝都のちかくの森は良い素材がとれると言ってやる気になっていましたぞ」

あっくんは帝国じゃない遠くの村の生まれ。

皇帝のおイス爆発させたあと、せんせぇにスカウトされて家族といっしょにお引っ越ししてきたんだ。

お靴屋さんやるんだぁ行ってみたいなーってのんきに思ってたら、せんせぇがむずかしいお顔してる。

「帝都の森は、近隣でもとくに珍しい魔物が多く巣食っています。アーサーの父親は魔物への対抗手段をもっているのですか」

「あっ！　父上、弱いかもしれないでござる……！」

「素人が迂闊《うかつ》に森へ入ることは危険です。冒険者をつけるなりして、必ずひとりでは行かないようにさせなさい」

ふへええっ、森あぶないんだって！

あっくんは勇者だけど、あっくんのお父さんは勇者じゃないもんね。キケンだ。見まわりの騎士はいるけど、いつもいるわけじゃないから、おじさんがひとりのときに魔物に会ったらやばい！

（お父様に見まわりの回数多くしてもらうようにお願いしなくちゃ！）

「これは……至急対策本部を作らなくてはならないですぞ！　拙者、今日はこれで失礼するでござる。父上を強化せねば！」

「ぼ、僕も！　お父様にお話したいことできたから帰ろうと思いますっ」

あっくんとほぼ同時にンバッて立つと、せんせぇはカップを置いて重くうなずいた。

「わかりました。緊急性を感じますので、このまま転移で送り届けます」

「えっ」

「えっ」

「では。本日はこれで」

シュン！


「ぼっちゃま？」

「シ、シツジ」

玄関に現れる僕。びっくりしたお顔のシツジとメイド。

ポカンとしたまま見つめ合っちゃう。

（おうち帰ってきちゃった）

さきに動けたのはシツジでした。メイドたちもおかえりなさいのおじぎしてくれてる。

「おかえりなさいませ。おひとりで？」

「う、うん。なんか、なんかせんせぇの魔法でお城からシャツてもどってきた」

「さようで。お天気もよろしいですから日向《ひなた》ぼっこでもなさいますか」

「ん！」

切り替えの早いシツジのおかげで、おうち用の洋服に着替えてぽかぽかのお庭でひなたぼっこ。

僕はお父様へのお手紙を書きながらキティたちが帰ってくるのを待つのでした。

†せんせぃと森の瘴気

僕のマナーのハルトマンせんせぃは外国から来た人で、いろんな外国語しゃべれるしごはんの食べ方とかも教えてくれるんだ。

今日はお勉強室にてトコトコひたすら歩く日。

頭のうえには絵本を二冊のっけてるよ。

「それでね、僕のお誕生日のために領地に行ってくれたんだそうです」

「Ｏｈ！　すてきなプレゼントでしたネ〜！」

ふつうのときからキレイに歩くのが目標なので、せんせぃとおしゃべりしながら歩く。おとなりをいっしょに歩いてくれるせんせぃはリアクションがすごくいい。きっと聞き上手ってゆうのだ。僕、どんどんお話しちゃう。

おじいさまの領地のことを話し尽くしたから、いまはまえにハーツくんとサガミくんにお誕生日をお祝いしてもらったことをごきげんでお話してます。

「はいっ、すごくうれしかったです。ハーツくんの宝石はなかにミスリルの針が入っててキラキラしとぅえああ、ああ〜！」

くるんとして反対方向に行こうとしたら、まずいちばんうえの絵本がズヌリってズレた感じがして、あわててバランスとろうとしたけどもう一冊もつられてそのまま頭から落ちてっちゃう。二冊目の絵本は重めのやつだから落ちたら足に当たりそうでちょっとこわい……！

「Ｏｏｐｓ！　おケガはアリませんか？」

ピュッて息を止めてたらせんせぃが二冊ともぱしっとキャッチしてくれた。

「ふあっ、せんせぃありがとう！」

「どういたしまして。新記録ナラズ、でしたネェ」

向こう側の壁を見てせんせぃが眉を下げた。あっちまで行けてたらちょうど五往復になって『絵本のせ散歩』の新記録だったのだ。

「ぬぅぅん。もういっかいおねがいします！」

「諦めない心が素晴らしい！　もう一度挑戦しましょうョウ」

「はいっ」

僕がぺぺって走って壁のまえに立つと、せんせぃもすぐ来てくれて、姿勢をチェックしてそっと絵本をのせてくれる。うむ。安定感よし！

「ハイ、よろしいですよ。お話は続きからにしましょうか」

ゴーサインが出たのでまた慎重に歩きだす。勢いにのっちゃえばイケるから、安定したらまたお部屋のなかをトコトコ歩きます。

えぇとなんのお話してたっけ。……そうだ、ハーツくんからもらったキレイな水晶のお話！

「水晶のなかに針が入ってて、ぜんぶおんなじほうに向いてました。だれかが針を一本ずつ入れたのかな？　って思っちゃうくらいそろってて、水晶ってふしぎです」

「たしかにフシギですねぇ。ぼくの母国の山でも魔力が閉じこめられた石があるソウです。触ると魔力の影響があるので採掘禁止ですが。水晶や自然はフシギに満ちていマスねぇ」

「ふあー。僕、あんまりお外行かないから知らないけど、さわっちゃダメな石があるんだぁ……」

人がわざわざ魔力をいれた魔石じゃなくて、自然のなかで石が魔力を飲みこんじゃったんだって。

すごくない？　魔力飲めるなら、魔力を持った人間だって飲めちゃいそう。ひえー想像したらえぐい。

せんせぃのとこの自然こわぁ。

「ソウいえば先日、帝都の森に入ったら具合が悪くナリました。あれも水晶のような何かがあって、うっかり触れたのカモしれません。フラン様もお気をつけてくだサイ」

「んえっ」

頭のうえに本があるのを忘れてせんせぃを見ようとしたら、絵本がゾヌ……ってズレる気配！

「ぐおおおお！」

落とさぬ!!

つむじに力をいれて、お目めにも力をいれてたえる。

頭と接地面のとこに集中してたら、ぐらぐらしてた絵本がぴた……と安定した。

「Ｏｈ！　よく耐えまシタ！」

おとなりでせんせぃがめちゃくちゃ拍手してくれた。んへへ、やってやりましたよ。

へんな体勢になってたからゆっくりじわじわ～って元の姿勢にもどしてって、ちゃんと立てたら、せんせぃが絵本を置きなおしてくれる。

せんせぃが絵本を支えてくれてるうちに、僕はせんせぃのお顔を見上げた。

「せんせぃ、森に行くんですか？　具合悪くなっちゃったの大丈夫？」

魔法のせんせぇから、帝都の森は魔物がつよめであぶないって聞いたばっかりだもん。せんせぃはムキムキの人じゃないのに森に行って平気なのかな。あ、平気じゃないから具合悪くなっちゃったとか……？

僕のお顔を見てちょっと驚いたみたいにお目めをひらいたせんせぃは優しく微笑んだ。

「Ｏｈ……ありがとうございます、フラン様。すっかり元気でスよ。森に行くときは冒険者さんと一緒に行きますカラ、安全ですし、ほんの少しの気分転換に出るダケなので森にいるのも短い間です」

「よかったぁ」

「ふふ、フラン様はお優しいです。私、すこし涙でまシタ」

目尻を指で拭いてるせんせぃ。

気分転換の方法がアクティブすぎる気がするけど、冒険者さんがいるなら平気だよね！　……たぶん。

「せんせぃ、いちばんいい冒険者をたのんでね」

「ハイ。つよい人にお願いしマス」

「ん！　じゃあ続きしますっ」

僕はほっとして頭に絵本をのっけてもらうのでした。

†建設予定地はここです

今日は家庭教師もなくてお空もふつう。とてもふつうの日です。

お父様もお兄様たちもお仕事で、おうちにだれもいないから朝ごはんはひとりで食べたけど、アップルパイがおいしかったよ。

ごちそうさまをして食堂を出る。

今日はなににしようかなぁ。馬？　馬見に行こかな。

いちどお部屋にもどろうと思って玄関までぽてぽて歩いてると、階段から大きい人がおりてきた。

「フラン！」

ずんずんとおりてくるお父様。でっかい。

でっかいのに帰ってきた気配わかんなかった。いつからいたんだろ。だって朝ごはんのときいなかったし、昨日の夜もいなかったたよ。

けどいま、いまいる！

「おっ、お、お父様だ！　おはよ、おは、お、おかえりなさいませーっ」

「うむ！」

僕のとこまで来てくれたお父様にゼロ距離から飛びつく。ボッ！　てした僕をがっしりと抱きとめたお父様は、そのままぐいんて持ち上げて、ほっぺをくっつけてくれた。

「んひゅあ～！　んあーっお父様、お父様、んぷぱふふふ！」

「うむ！　うむ！」

お父様の太い首に抱きついて僕もほっぺをぐりんぐりんに押しつける。あとおかえりなさいのチュウと、おはようございますのチュウもする。んはぁ、お父様いる！

ドゥルンドゥルンにこすりついてたら、両脇の下にお手てをいれられてぶらんとされた。

「軽いな。息災であったか！」

「はいっ。お父様はいつ帰ってきたのですか」

「うむ。今しがただ」

「いまですかぁ。僕、朝ごはん食べちゃいました……」

ごいっしょしたかったなぁ。三十分くらいちがったら朝ごはんおいしいねってゆって食べられたのに。

ぶらりとされたまま落ちこんでたら、お父様のうしろにひかえてたシツジが微笑んだ。

「フランぼっちゃま、お気を落とさず。本日、旦那様は午後までお休みでございます」

ハッとしてお父様を見る。

「おやすみ！　ほんとですかっ」

「うむ！　休みだ！」

「へああああああ！　やったぁー！」

うれしくてビビビッて震えてたらお父様が下におろして、頭をモヌュッてなでてくれた。

「フラン。父は朝食を摂《と》ってくる。しばし待っていよ！」

「ぅあい！」

あとで会えるってわかってるんならぜんぜん待てますっ。

勢いよくうなずくとお父様はうむってしてくれて食堂のほうに歩いてった。

お食事が終わるまでどこにいようかなってワクワクしてたら、シツジとお話してたキティがお着替えするのでお部屋にどうぞって言ってくる。

「おきがえするの？」

「はい。旦那様がぼっちゃまとお出かけすると」

「ぅおおおでかけだぁーっ」

お父様がいっしょにおでかけしてくれるって。すごいうれしいっ。

じゃあはやくお部屋にもどらなきゃね、お着替えしなくちゃねって、僕はいそいそと階段をのぼった。

お部屋につくと衣装係のメイドがたくさんお洋服持ってきて、どれにしようかなってえらんでくれる。

「かっこよくしてね！」

「かしこまりました」

メイドたちが自信満々にうなずいて、鏡のまえで僕のお顔に合わせたり色ちがいを持ってきたり、いろいろやってくれた。で、最終的にできたのがこちら。

レースの襟のブラウスと刺繍《ししゅう》のコート。なんか流行《はや》ってるらしくてベルトはおリボンで、お袖が大きめで風通しがいいよ。お帽子は大きいから持つだけでいいって。そんなおしゃれがあるんだ……。

「ん」

どう？　ってみんなのほうを見たら、メイドたちがパチパチって拍手してくれた。

「たいへんかわ……格好ようございます！」

「さすが帝国一の武、トリアイナ家のぼっちゃま！」

「おしゃれですわ！」

「んはっはっはぁー！　そうかな、そうかなぁー！」

褒めてもらえるものはぜんぶ飲みこむタイプの僕です。

キティが倒れて見えなくなったけど、えらんでくれたメイドたちも満足そうだし、良いみたいだ。

かっこよくしてもらってたら、ちょうどお父様の準備おわりましたってお知らせが来たので玄関まで早足で行く。

「フラン！」

「お父様ーっ……ズン！」

もう馬車も来てるみたいで玄関の扉があいてた。お外に立ってるお父様をみつけて、早足よりもだいぶ速度を出してお父様のお胸に飛びこむ。

お父様の受けとめ方はなんでかぜんぜん痛くないし勢いのままヒョイッて抱っこしてくれるから、たのしい気持ちになるんだよ。

「どちらに行くのですか？」

「街だ！　見せたいものがある！」

お父様と街に行くなんてはじめてだ。なんだろ。

首をかしげてしがみついてると馬車にスポンってのせてもらってお父様がおとなりにすわってくる。

まだお外にいたシツジがお父様の合図でまるいビンを持ってきた。

「フラン、これを食べよ」

「んう？　石ですか？」

「赤豆だ。兵糧《ひょうろう》だが、精がつく」

なかに入ってたのは赤くて僕の小指のツメぐらいのちっちゃい石みたいのだった。ひょーろーってなんだろか。わかんないけど石じゃないなら食べてもおなか痛くならないでしょうっ。

「んゆ、おいしい」

ひと粒つまんでお口にポイといれたらおいしい！　ポリポリして香ばしいお豆だ！

お父様がビンをかたむけてくれるから、僕も夢中で食べちゃう。ひと粒食べてポリポリしてまたつぎいれてって、飲みこむまえにどんどんいれちゃうから、いま僕のお口のなかもっさもさ。

「旦那様、出発いたします」

「うむ！」

お豆に夢中な僕の肩をお父様が支えてくれて、馬車は静かに走りだしたのだった。

「おおー人がいっぱいです！」

馬車の窓からお外を見たら街には人がいっぱい。みんなカゴとかお荷物とか持ってて、いつもより人が多い。冒険者みたいな人もいるし、なんかお祭りみたい！

「うむ。収穫が多い時期であるからな。みな活き活きとしていて善い！」

「んふふ」

腕を組んでお外を見てるお父様もたのしそうだ。

庶民街に入ってから馬車はゆっくり走るようになった。もともとお父様の馬車って目立つから、みんなよけてくれてるし、馬車もゆっくりなら事故が起きなくていいよね！

窓にぺっとりお顔をくっつけてお外を見てると、たまにおじぎしてくれる人がいるから、つられて僕もお顔をこくんてする。窓におでこが当たってるからゴリリてするけど、お外見たすぎて離れられない僕です。

「フラン、好きな木材はあるか」

「んう？」

「フランぼっちゃま、魅力的な建物がございますか？」

「んん～」

お父様がふしぎなこと聞いてきたから振り返ると、うむってしてる。お向かいにすわってるシツジを見たら、ていねいめにふしぎなことを聞いてきた。

よくわからないけどなんかのアンケートかなぁ。

僕はお外を見て街の建物を観察した。んー好きなの好きなの……。

「あのおうちはかっこいい色の気がします」

「赤銅《しゃくどう》色のレンガの建物ですね」

うん！　赤いレンガでできてて柱とか角っこが白い木の建物。お菓子屋さんかなぁ。なんかおしゃれ。

「フラン、窓はどうであるか」

「窓ですか？　そうだなぁー」

窓のこと考えたことないけど、僕、大きい窓のが好きかも。

「んんん、あれ！」

丸いのとか四角いのとか飛び出してるのとかあったけど、僕あのシンプルなの好き！

指差してうしろのお父様にご報告すると、シツジがメモしてた。

「……？」

よくわかんないけど「わかった！」ってお父様が頭をなでてくれたから、まあいいかと思っておくね。そうしてまたお外を見て、たまにかっこいい建物のお話をする。

お父様の馬車はぜんぜん揺れないからちょっとうとうとしてきた。

「疲れたか！」

「んん、だいじょぶです」

おしゃべりしなくなってきた僕を心配するお父様。僕はやっと窓から離れて、お父様と体がくっつくくらいにすわり直す。もたれかかると太い腕がギュッとしてくれるので、そのままおなかで呼吸しながらお外を眺めてました。


「ここだ！」

「んはっ」

起きてるつもりだったけどお父様の声でびくっとなった。うむ、寝てた。

ちゃんとすわってたつもりが、いつの間にか足をおイスに伸ばしてお父様に寄りかかってたよ。ぐっすりだったのかも。

僕がすわり直すのを見届けたお父様が馬車からおりてく。扉が開いたままだから僕もおりるっぽい。

ゾリゾリと馬車のなかを移動すると思ってたより地面がとおい……。お父様の馬車は僕のより背が高いみたいだ。

ちょっとだけビビってたら、シツジが手を引いてくれた。ありゃぁとーござーまー！

てててっと駆けてお父様の横につくと、目のまえにはひらけた場所。下町のなかだけどここだけひろーくなってる。人通りも少ないや。

「なんす？」

僕のお膝くらいまで木のワクが組んであって、上に板を敷きつめればステージになりそうだ。

ワクのむこう側、奥のほうには職人さんたちが何人もいて、お父様に気づいたら作業をやめて姿勢よく立ってる。

（サッカーできそうなくらい広いなー）

帝国にはサッカーってない。スポーツ自体がなさそうだけどそのかわり剣術や武術が人気だし、そういうのの大会は年末にお城でやってるよ。

んん、ここは何用だろう。ちょっと小高くしてるのがポイントなのかなぁ。

「うむ！　順調であるな！」

「予定通りで。来年には完成いたしますね」

お父様とシツジがうんうんってしてる。

（あ、ライブ？）

歌う人を集めてフェスとか？　吟遊詩人フェス。

でもお父様がフェス好きとか聞いたことない。お父様が好きなものってゆうと、うーん。たまにチェスをやってるくらいだなぁ。こんなに広かったら人間チェスとかできそうだね。……で、で、できそうだ!!

「お、お父様っ、ここに台をつくって騎士をバシバシさせたりは……！」

「ぬ？　騎士は使わぬ。工事は民らを使う予定だ」

あっあっ伝わらない！

想像だけど、僕の想像だけど、人間チェスってなんかやばい。悪役がやるイメージあります！

「フランぼっちゃま、ここには宿舎が建つ予定でございます」

「しゅくしゃ」

悪役がめちゃくちゃこわい遊びに興じるとこじゃなくて、宿舎。だれかのおうち。

んあーっ、ほっとしたぁー！

ということで、どなたかのおうちの建築現場に、僕とお父様は来ております。なんでだろ。

シツジが奥にいる職人さんにお話しに行ったのをぼやんと見送る。

「フラン、歩いてみよ」

「？　はい」

お父様に指示された。シツジのあとを追いかける感じでいいのかな。歩けってゆうなら歩きます。

お天気いいしね、広いとこ歩くの好き。

「皆の者、下がりなさい」

てこてこ歩いてたら、先に行ってたシツジが職人さんたちをパパッと左右に分けてる。おかげで、距離はあるけど職人さんたちに左右からじっくり見られる僕。ほほーん。歩きづらぁい。

「ん」

「お疲れ様でした、フランぼっちゃま」

広場のはじっこの木のワクがなくなるとこまで来たら、シツジがニコッてしてくれた。僕もニコッてしておくね。

なんかご用事あるのかなと思ったら、なさそう。

（ふしぎな時間……）

キョロキョロしてると通りの向こうからも下町の人がこっちを見てた。うむ、この広場、気になるよね。

おうちになるって教えに行ったほうがいいかなぁ。

「お父様ーあっち行っていいですかー！」

「いや、戻れ！」

行けなかった。

「走っていいですかー？」

「うむ！」

「はーい！　うおぉーっ」

許可が出たので全力で走ってお父様のところにもどる！

貴族はダッシュはよくないって文化だから、お外でこんなに走っていいのたのしい！

一生けんめいお手てを振って、頭からつっこむイメージ。速い、速いぞー！　目をつむって無我夢中で走ってお父様の気配がしたところで、

「ドイーン!!」

「よしよし！」

ギュッてしてもらいました！　んはぁーすっきり！

「どうであった」

「広いですね！」

「うむ！」

すごく広いから、いっぱいの人が住めそう。

お父様にくっつきながらお顔を見上げたら、お父様も満足そうにうなずいて頭をなでてくれた。

「では帰るぞ！」

「んう？　もう帰るんですか」

いま来たばっかりなのに。僕ダッシュしかしてない。

せっかくお父様といっしょにいれたのにざんねんだなぁって眉毛がしょぼってしちゃう。

「ぬう。ではもうしばしいるか！」

「！　はいっ」

います！　お父様といっしょにいますっ。うなずきまくったらお父様は笑ってぽいと馬車にのせてくれた。

職人さんに差し入れをしてたっぽいシツジももどってきて、馬車にのりこむ。

「うぬぅ……ではどこに行くか」

「旦那様、少し戻ったところに街で流行りの菓子店がございますよ」

「菓子か！　それはよいな」

「おかし！」

お父様のお膝にお手てを置いてゆらゆらさせちゃう。

はよはよっ。

「フラン！　征《ゆ》くぞ！」

「ぅあい!!」

しゅっぱーつ！

お日様がいちばんうえに来るまで、僕とお父様はいっしょに過ごすことができたのでした。

閑話　まわりの人たち（トリアイナ家の人）

「んああああ～！」

二階の窓から階下を見る。

我が末息子のフランが地面を転がっていた。今日は剣術の日であったか。

着ているものは剣術のための練習着であるから、思う存分汚すと良い！　直に春になるとはいえ、涼しい空気の中であのように元気にしている姿に、安堵《あんど》の気持ちが湧き上がり、私は窓からフランの剣術を見る。

指南役である老師に弄ばれる息子。いや、あしらわれたあとに転がるのは自主的な動きだ。

何のための動作なのかはわからないが、フランが満足するまで行われた鍛錬は、数回の回転ののち終わったようだ。

風呂へ向かうフランを眺めたあと、窓を開けて庭にいる老師を呼び止めた。

「老師、少し良いか！」

「おや旦那様。この老体に答えられることがありますでしょうか」

「老師。率直にフランの才能はどうであろう」

執務室に案内された老師と向き合う。

私が幼い頃から世話になっている剣術指南役だ。

「受け身は歴代の誰よりもお上手でいらっしゃる。異才と言って良いかもしれませんのぉ」

「剣技はどうか」

「オディロン様、人には向き不向きというものが必ず存在します。いかに武で鳴らす家であろうと例外ではないのです」

「うむ！　やはり向いていないのだな」

＊＊＊＊＊＊＊＊＊＊＊＊

剣術指南役の老師がお帰りになったあと、旦那様は机の上の資料を見るともなしに読んでいらっしゃいました。最近の旦那様が頭を悩ませている問題はただひとつ。わたくしたちメイドも、いずれ旦那様が出されるお答えを興味深く待っています。

「旦那様、フラン様の進路はお決まりになりましたか」

執事が単刀直入に切り込んでいく。やはり執事ともなられる方は、あのように勇気のある行動ができるのでしょう。

「ぬう……トリアイナ家の男児であるからには騎士にと考えていたが、老師によればフランは才能がないようだ！」

「それは……左様でございますか」

執事が思わず「それはそうでしょう」と言いかけたのを、わたくしたちも内心で頷《うなず》きながら目撃したのでございました。


****

「ぬぬぬぅ」

「旦那様、お茶を淹《い》れ直しましょうか」

「うむ！　頼む！　……ぬぬぬぅ」

軽食をとられている最中の旦那様から唸《うな》り声が止まらない。

私の用意した「旦那様の筋肉を育てるスペシャルメニュー」は旦那様の好む食材をメインとし、お好みの味付けであるはずだが、それどころではないのだろう。

旦那様、じつは私も同じ気持ちなのです。

「料理長、教会の食事の内容を知っているか！」

「はっ。お答えいたします旦那様。教会の信念は質素、そして謙虚にございます。食事もなるべく味付けをせぬものを最上とし、フラン様が好んでいらっしゃるアップルパイなどは年に一度食べられるかどうか……」

「なに！　パイが年一などフランに耐えられるものではない！　餓死してしまう！」

左様でございます！　フラン様のあの朗らかな生き様は、トリアイナ家にいてこそでございます！

ふたたび唸りだした旦那様に、私は賢明なお答えを出してくださいませと心の中で祈った。


****

学校の運営が始まって数年経ったある日。私は父上から呼び出され、仕事を早く終わらせて家に戻った。

セブランもほぼ同じ時間に屋敷へ着いたようだ。騎士の仕事に就いてから随分日が経つが、セブランの仕事量が増えてきているようで、出世も近かろうかと感じる。

「フランを学校へ通わせることにする！」

執務室に入ってすぐに父上から宣言された。

私とセブランは顔を見合わせ、頷いた。予想していた通りの話だったからだ。

「学校創設当初、声をかけた貴族の子息らもすでに学校生活に馴染《なじ》んでおります。良い頃合いでしょう」

「帝国の改革、庶民と貴族のための学校……フランはきっと良い見本になります」

「うむ！」

いつも自信にあふれている父上。

私たちの意見に頷く様子は、我が子のしあわせを願うふつうの父親に見えた。

「セブラン」

「ステファン兄様」

執務室から出て廊下を歩き自室へ戻る。その途中、同時に部屋を出たすぐ下の弟セブランを呼び止めた。

フランの学校行きというのは数年前から出ていた話ではあったが、やはり現実にそうなると少々戸惑う気持ちがあるのもたしかだ。

トリアイナ家に於《お》いて騎士ではなく他の道を行くのは、ここ数代では珍しい。騎士にならぬ場合でも貴族は教会の神学校へ進むのが一般的だ。私の懸念を読み取った弟は微笑んだ。

「フランは騎士はもちろん、教会の生活にだって収まる質《たち》ではありません。できないというわけではなく、フランの快活さを抑えつける生活は、あまりに不憫《ふびん》です。父様の造った学校はまさにフランに合うでしょう」

「たしかに、そうだな」

その点、トリアイナ家とトリシューラ家、そしてリオネル皇子が中心となって造った学校は、通う者達の個性を消すものではない。

場所もわざと貴族街から遠い下町にした。フランも一度、父上と見に行っていたはずだ。窓や外壁をフランの好みにする計画だったからな。外観はフラン好みだろうが、学校の理念は誰にでもひらかれた、純粋に学びの喜びを感じて成長することを目的としている。貴族や庶民、スラム出身者でも通えるのである。

スラムでも再開発が滞りなく進んでいる。あそこに住む者らも知識を得る機会がなければ、いつか帝国は内部から崩壊するだろう。

「理性や道徳を獲得してもらえるといいのですが」

出資をと声をかけた貴族の中には、庶民やましてスラムの者たちが学ぶ必要はない、無駄だという意見があった。当然ながら貴族の子息には通常、家庭教師がついているので学校は不要だともいう。だがすべての貴族が裕福であるわけでもない。

それに何より、学がないというのは不幸を招くことがある。

フランは他の貴族からの反対を封じるため、「トリアイナ公爵家が率先して通わせた学校」という実績をつくるだろう。

「ステファン兄様。ボクはフランには好きなことを学び、好きなものになってほしいと思っています」

セブランの思いは、まったくもって私と一緒であった。

「ステファンお兄様！　セブランお兄様ぁー！」

廊下で立ち話をしていると、まさに話の中心であったフランがこちらに向かって早足でやってきた。

「フラン、鼻の先まで真っ赤じゃないか。寒かったの」

「んふゅーあったかいです」

セブランに両手で頬を包まれて満足そうな顔をするフラン。

手に枝を持っている。

「フラン、何を持っている？」

「あっ！　ステファンお兄様これ！　カマキリのたまご！」

「うむ、そのようだな」

「鳥に狙われてたからヒナンさせる途中なのです！　おじいにご相談しなくちゃ！」

私に枝の先についた綿毛のようなたまごを見せたあと、ハッとした顔をしたフランが慌てたように走りさった。

「嵐のようだな」

「ふふ、そうですね」

あの子がしあわせであるように。

それは皆が考える第一条件なのだ。

第5章 史上さいきょうのむずい大作戦

†お天気のよい日はおしのびとする

「お天気よくて気持ちいいね！」

「そうだな」

トレーズくんと手を繋いで街を歩く。お日様ぽかぽかだし、下町の人たちも元気そうだし、とてもよいです。

ローブのお帽子とったほうがもっと気持ちいいんだろうけど、お顔見られたらダメなのでがまんがまん。

もうちょっとで公園。晴れてるから混んでるかもな〜。

「あのよ、フラン」

「なぁに。トレーズくん」

「あー……オレさ、しばらく迎えに行けなくなる。街にひとりで来るのはあぶねぇから、おまえも家にいろよ」

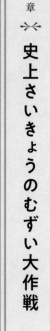

「んえ、なんで、な……」

公園にもう入るってところで足がとまった。ごきげんに歩いてたけどぜんぜん歩けなくなって、ぽかんてトレーズくんを見上げちゃう。

（トレーズくんが、おむかえ来ない）

廃教会に来てくれない。いっしょにおでかけできない。僕もおうちにいたほうがいいって、それはいつまでなんだろう。もう来なくなっちゃう？　会えなくなっちゃう？

（ンハ！　お引っ越し⁉）

ゲームの最後では帝都に人がいなかった。

もしかしてみんな引っ越しちゃうからいなくなってたんじゃっ。

「や……やだぁー！　会えなくなるのさみじぃよぉおおお」

「ぐおっ、お、落ちつけっ」

繋いだ手を支点にぐるんって回っておなかにドン！

右手はぎゅっと繋いだまま左手でトレーズくんの体にしがみつく。もうこれ以上くっつけないからめりこもうと思って足を踏んばります。

「いかっ、行かないでくださいぃぃ！」

「声でけぇ⁉」

「ふぐっ……おわかれ、やだ、やだよぅ……っんぐぅ、ふ」

「フラン……」

鼻水出てきた僕を見たトレーズくんが、ぎゅうってしてくれた。僕はぜんしんで応えて、足も浮かせてしがみつく。

お引っ越しなら僕もついていこうかな。お父様とお兄様たちも使用人たちもみんないっしょにお引っ越しすればさみしくないもん。

トレーズくんのお胸に僕は頭を押しつけながら考えた。天才の発想がひらめいてしまったかもしれないっ。

僕は震える息をいっぱい吸ってトレーズくんにご報告しようと見上げたら、トレーズくんも僕を見てた。

「なるべく早く戻るから」

「んぐ……、んぷ、もどるの……?」

「あ? ガキら、じゃねぇや、子どもたちの面倒みるからな。予定の採取行軍がおわったらすぐに戻る」

「さいしゅこうぐん」

春になると森に魔物が増える。増えすぎたらあぶないし、大量発生の予防をするために、帝国の騎士が森にお泊まりして調査する期間があるんだって。庶民も参加できて、よわめの魔物の討伐とか巣穴探しとかのおしごとをまかされるけど、そのかわりたくさんの食べ物を安全に収穫できるそうです。

(短期バイトっぽい)

いつもいろんなおしごとしてるけど、採取行軍はコスパいいから初日から最後まで参加の予定らしい。トレーズくんははたらき者だぁ。

「んあ！　じゃあ引っ越さないっ？」

僕が足をついてあらためて聞くと、トレーズくんは引っ越し？　って首をかしげてた。

「三日に一度は戻る予定だ。けどやることやったらすぐ森に出るから、おまえを案内する余裕がねぇんだよ」

「そうかぁ。うむうむ。それならしかたないね」

おしごとならしかたない。

さみしいけど、お引っ越しじゃないってわかったらなんかニコニコしちゃう。ほっとしたよぅ。

「あっそうだ。僕、いまからもどってクッキーとかポーションとか持ってくる！」

「いい、いい。薬草が森で拾えっから。気持ちだけ受けとっておくわ。……ありがとな」

トレーズくんがぺふぺふ頭をなでてくれて、僕はごきげんな気持ちで公園に入ることができました。

お昼前だから屋台はまだ準備中のところが多い。

僕たちはいつものパン屋さんに行くよ。パン屋さんは早いからね！　朝からいるらしいからね！

トレーズくんとお手てをつないでぽってぽって歩いてたら、冒険者さんっぽい人たちが準備中の屋台に行って、店員さんに布袋渡して帰ってくのに気づいた。

「？　お買い物しないのかな」

「たぶん依頼されて狩ってきた魔物の素材を渡してる。冒険者だったら、行軍に参加しなくても自分らで身を守れるからな」

「ふぁーたたかってきたの」

「ああ、すげぇよな。依頼されるほど強えって、どんだけだよ」

肩をすくめて笑ってるけど、トレーズくん、ちょっとあこがれてるっぽい。トレーズくんってケンカがすごくつよいわけじゃないもんなぁ。

「んはっ。コーグンはトレーズくんはひとりで行く？　おともだちと行けるっ？」

まんがいち騎士とはぐれたときとか、トレーズくん森の魔物にボコボコにされない!?

「チーム参加が暗黙の了解になってる。ひとりだと誰かに収穫物奪われたときに抵抗できねぇからな」

「さつばつ」

vs魔物じゃなくてvs人間だった。

「そんなもんさ。オレはウェンウェンたちと組む予定だ。あいつらも故郷に帰る金がいるからな、働かせねぇと」

「んふふ！　仲良しになったんだねぇ。ふたりとも元気？」

「あー……」

「？」

あきらかに言いよどむトレーズくん。

僕が会ったのは数週間前だけど、そのときは元気に見えたけどなぁ。

「……フランに会ったら調子戻るかもしれねぇか」

「？？？」

「悪《わり》ぃが、ちょっと付き合ってくれ」

公園のなかで方向転換。

トレーズくんとお散歩できるから、僕にノーはないですよ！


トレーズくんに連れてきてもらったのは、公園でも奥のほうで僕もはじめて来る場所だった。吟遊詩人さんとかちっちゃいボールをたくさん投げてる人とかいて、旅芸人の人が使うところみたい。

「こんなとこあるんだねぇ」

「庶民の娯楽のひとつだな。けど人が集まるしスリとかトラブルが多い。フランはあんま近寄んなよ」

トレーズくんに手をひっぱられつつおもしろいなぁって見てたら、ボールを投げてた女の人がズズイと近づいてボールを差し出してきた。びっくりしたけど反射的にボールをとろうとしたら、目のまえでボールが消えた。

「ぶぱ！」

女の人は笑って首のうしろからボールを出してみせた。ぼーぜんとしてる僕に手を振ると、もとの場所にもどって練習をはじめる。

「て、手品……！」

「からかわれたな」

僕がちっちゃい子だと思ってちょっと見せてくれたらしい。すごいところだ！

いろんな人のを見に行きたくなるけど、僕はハッとしてトレーズくんの手をギュッと繋ぎなおした。迷っちゃうフラグが立ってた気がするもんね。そんなでっかい針に僕は釣られないぞっ。

ランチまえだから練習中の芸人さんが多くて、お客さんはぼちぼち。そのなかにココトルとウェンウェンがいた。

「ウェンウェンが客寄せ、ココトルが物売りだ」

ウェンウェンは集まったまばらな人たちに商品を説明して、ココトルはすわって敷物のうえにならべた商品を売ってるんだって。

僕たちがお客さんにまじって近くに行くとウェンウェンが気づいてくれてニコニコ顔。おしごと中しつれいしまーす！

「お集まりのみなさま、本日ご紹介するこちら！」

ウェンウェンがぱってお手てを広げると、指のあいだに茶色のコインが一枚はさまってた。キラキラしてる。

「ただのコインではないですよ～」

なにもないもう片方のお手てを見せるウェンウェン。両手をゆっくり交差してグーにして、それからパってお手てを広げると、ぜんぶの指にコインがはさまってた。

「わあ！　なんで！」

「さらにさらに～……ハイ！」

ウェンウェンが指にはさんだコインを勢いよくうえにポイッて投げるから、思わずお空を見たけどなにもない。あれっ？　ってすぐにウェンウェンのお手てをチェックすると、お手てにもコインない。

「なん、なくなったー⁉」

「ふっふっふっふ」

びっくりしてたらウェンウェンがまた手をグーにしてパッて広げるとコインが指にはさまってた。

「すごいすごい！　すごいぃー‼」

ビャビャビャビャって手を叩《たた》く。

僕のおそばで見てたおじさんとかお兄さんとかも、おお～ってしてた。ね～、すごいよね～！

「おお、おもしろいなぁ」

「うまいもんだ」

「いま買ってくれたらコイン消しのやり方教えまーす！　模様も凝ってて、コインは表は太ったおじさん、裏はうさぎの後ろ足の絵が彫ってあるから部屋に飾っても可愛《かわい》いよ～」

見てたおじさんたちが一斉にウェンウェンに寄ってった。手品やりたいもんね！　あとうさぎのうしろ足かわいい。なんかモフってしてる。表側のおじさんを飾る人はいるのかなぁ。

「おお、なかなかの出来だな」

「いい絵だ。一枚もらおうか」

「いくらだ、そしてコツは」

「ボウズ、二枚くれよ。両面で飾る」

絵柄もそこそこの人気……！

敷物にならべられてたコインがつぎつぎ売れていく。ココトルが会計して、ウェンウェンがおとなりでコイン消しのやり方を教えてあげてる。

「僕も、僕も知りたい！」

「こうだ」

お買い物したくてソワソワしてたら、トレーズくんがポッケからコインを出してサッと消してみせた。

「す、すご……すご……!!」

「スラムのやつはできんだよ。手癖悪ぃやつはな」

「てくせってなぁに」

「あー……フランにはマジで覚えてほしくねぇ。忘れろ」

「んぶぅ」

ほっぺがぷむってふくらんだけど、ダメと言うなら聞くのをやめときましょう。僕はよい子だからね！　あとオトナになって頭良くなったら自然とわかるかもしれないし。ワガママはゆわないのだ。

お客さんがいなくなるとウェンウェンがテテテとやってきた。

「ぜんぶ売れたよ！　リアクションありがとっ」

僕のお手てをとってぶいんぶいんする。敷物のうえにあったコインはぜんぶなくなって今はココトルがすわってるだけ。完売だ！

よかったね～ってしてたけど、ココトルの反応がない。ぼんやりしてる。

「ココトルくん、お元気ない？」

「ぼくの兄ココトルは、このまえ森から帰ってからなぜか落ちこんでるのです。だからか、コインの顔もヒゲおじさんばっかりに」

おじさんは健康のバロメーターだったんだ⁉

コインに描かれたおじさんを思い出してる僕からお手てを離して、ウェンウェンはココトルのおとなりにすわった。心配そうに寄りそってるけど、ココトルはピクッとしただけでお顔を見たらすぐうつむいちゃった。

「まだダメそうだな……。毒消しの薬は飲んだよな？」

「うん。飲ませたよ。ね、ココトル」

「……うん……」

元気ないのかわいそう。心配で僕もお手てがギュッとしちゃう。

「もっと効果高いもん買わねぇと」

トレーズくんも眉をひそめてた。

（んあっ、僕のおうちにお薬あるかも！）

毒消しのお薬、僕は使ったことないけど公爵家なんだもん。そういう強力なお薬があったってふしぎじゃない。いっかい僕がもどって、おうちからお薬持ってくるのがいいような気がする！

元気なくなるのはつらい。おとなりにすわってるウェンウェンだってしょんぼりだ。

僕は敷物にお膝をついてココトルと向かい合う。

「ココトルくん！　少し待っててね、僕がいまから」

ぼやーとしてるココトルのお手てをとり、はげまそうとして気づいた。

(んう?)

手首につけたブレスレット。きれいな色糸で編まれたブレスレットの結び目のところに、欠けてへこんでるけどバター色のツヤツヤな琥珀《こはく》がついてた。

「これ……なんか……」

「それはねぇ、森で拾った琥珀石だよ。大きいウサギが走ってったあとに見つけたんだ。ちょっとだけ凹《へこ》んでるのは足跡だと思う、可愛いよね！　ココトルはそれをヒントにコインの模様つくったのです」

「琥珀に跡つけられる怪力で肉球がある兎《うさぎ》なんて一角兎じゃねぇか。めずらしいもん拾ったな」

ウェンウェンが説明してくれるけど、あんまり耳に入ってこない。

見れば見るほどへんなんだ。バター色のマーブルでキレイな琥珀は、足跡のところからスーッて黒いモヤモヤが立ち上ってる。モヤモヤはココトルの手首にまとわりついて吸いこまれるみたいに消えてく。

黒いモヤモヤ。一角兎。調子悪いココトル。

……いやな予感がする。

「こ、これ、呪われてるかも……っ」

僕は意を決してトレーズくんたちを見上げたのでした。

†事件のしっぽ

僕の言ったことで一瞬ピタって空気が止まったけど、それからは早かった。トレーズくんがナイフでブレスレットを切りはなして、ウェンウェンがコヨトルに抱きついてブレスレットに近づかないようにした。

敷物のうえにコロリと転がる琥珀。

「んん、んん～」

僕はステファンお兄様からもらったブローチを琥珀に重ねて置いてみた。

魔除《まよ》けの魔法がついてるんだけど、もらったの一年もまえだからもう効力ない気がする。が！　こういうのはやってみないとね！

重ねているとこをじっと見てみると、一瞬おさまったと思った黒いモヤは魔除けブローチと琥珀のすきまからジワーと出てきた。

「もうお兄様の魔力ないみたい……ごめんよぅ」

しゃがんで観察してたけどモヤモヤはどんどん出てくる。ダメそう。

ふがいないお気持ちでみんなを見上げると、おとなりにいたトレーズくんは僕をハグするようにして立ち上がらせてくれた。ぎゅっと抱きつく僕。

「原因がわかっただけでもすげえよ。オレらは魔法とかぜんぜんわかんねぇから」

コヨトルとウェンウェンはずっと抱き合ったままだけど、コヨトルはさっきよりもお顔が上向いてる。心配そうなお顔のウェンウェンの頭もなでてるし、ブレスレットをはずしたことでぼんやりが少し消えたのかも。

「ココトル、平気?」

「……うん。変な声聞こえなくなったよ……ウェンウェン、ぼくのこと好きだよね……?」

「あたりまえだよ! 大好き! 世界一好きっ! ……し、しないでぇーっ」

「……ぎゅぅぅ」

やっぱりへんな声聞こえてたんだ! このまえお城でモヤモヤが出まわったときもへんな声が聞こえたり幻覚見えた人たちがいたもんね。

泣きそうなウェンウェンに抱きつかれたココトルから息なのか悲鳴なのかわかんない声が聞こえてきたけど、ココトルもうれしそうだからいいかな!

トレーズくんは腰にさしてたちっちゃいナイフでブローチと琥珀をポイポイって分離して、僕にブローチを確認させてくれた。

表も裏もよーく見て、大丈夫なのチェック。うむ。呪い移ってない!

僕はほっとして、ローブの下でごそごそブローチをつけ直した。

「琥珀《コレ》を放したから、これ以上ココトルに呪いがかかることはねぇと思うが」

「……うん」

「体内に入ったのは自然と抜けるもんなのか知らねぇんだよな。確実に解呪するなら教会か……あれは後払いできるんだっけか」

「大丈夫、さっきより楽になったし……よくなる気がする……」

バッて立ち上がるウェンウェン。

「気じゃ足りないっ。ふたりとも、手伝って」

キリッてして僕たちのことを見る。真剣な表情。

そうだよね。僕だってお兄様たちが呪いにかかっちゃったらなんでもするもん。よくなった気がするとかゆわれても、ぜんぜん安心できない。完治させたい！

「ん！　なにする！」

「いやフランはもう、……おいっ、ウェンウェン！」

「待ってて！」

ウェンウェンはすごい勢いで公園から出てっちゃう。

トレーズくんは呆然《ぼうぜん》としてたけど僕はウェンウェンを待つことにしたよ。

ペタンとすわってるコヨトルの、もうブレスレットがないお手てをとってぎゅっとする。ウェンウェンが帰ってくるまでいっしょにいようね。

「……うさぎの足跡は幸運のお守りなの」

「んあ。ほんとうにお守りなんだ」

敷物のうえにぽろんと置かれたままのへこんだ琥珀。へこみは一角兎が踏んだ足跡で、呪われてなければきっとお守りとしてすごくいいやつだったんだ。

公園の入り口のほうを見てたトレーズくんもコヨトルのおとなりにしゃがんで頭をくしゅくしゅと

なでてた。

「んあ、もどってきた」

しばらく待ってたらウェンウェンが息を切らせてこっちに走ってきた。僕たちのとこまで戻ってくるとぜーぜーしてちょっとしゃべれないでいる。全力で走ったのかも。

「はぁはぁ……っトレーズ、フーちゃん」

息が整うのを待っていると、ウェンウェンがぐいっと腕を差し出してなにかを見せてくれた。

「ウェンウェン、おまえそれ」

「このニセモノととりかえっこしてくる！　手伝って！」

教会の神官さんが解呪に使ってた虫メガネ。

ウェンウェンが持ってたのはそっくりに作られたニセモノだった。


下町にあるちっちゃい教会の陰に張りこむ僕とトレーズくん。うしろにはココトルがぼんやり立ってます。やっぱりまだ本調子じゃないみたい。

僕は教会のかどっちょからお顔をだして、街ゆく人たちをまばたきしないで見てた。冒険者がいってトレーズくんに教えてもらったので、ふつうのお洋服じゃなくてヨロイとかつけてる人を中心に凝視しております。

「んううう～」

「フラン、まばたきはしていいんだぜ……？」

「あっ、あの人たち！」

「！　……ブリスターたちだな。行ってくるわ」

僕の頭をぽんとしたトレーズくんが物陰から飛び出して、僕がゆった冒険者さんたちに近づいていく。

知り合いだったみたいで、ごあいさつから事情のご説明に入るまでがスムーズ。

冒険者さんたちはうんうんてトレーズくんのお話を聞いてたけど、だんだんと眉をひそめて、それから驚きと納得！　ってお顔になってた。

「マジかよ!!」

「だからアナタ、動きが鈍かったのねぇ。そういえばあたしも昨日のお酒抜けないわ。呪いのせいかも……」

「おい、まさか俺がやたらトイレ近《ちけ》ぇのも呪いか？　トイレ行ってもなんか出し切った感じしねーんだよ」

「よし、教会行こうぜ。厄払いだ、全員分やってこよう！」

計画どおり教会に行ってくれることになった！

トレーズくんにお話したのは「最近、森で自然発生する呪いが多いらしい」ってこと。

実際にそういうこともあるらしくて、僕が見つけたブリスターさんの仲間の人もおケガしてる足に黒いモヤモヤがあった。僕じゃうさぎの呪いなのか自然のものなのかわかんないけど、黒いモヤモヤがついていることだけはたしか。

その人以外は元気そうだけど、ブリスターさん一行はみんなで行くことにしたみたい。解呪は高額らしいのにヤクバライでみんなやるって、もしかしたらすごくつよい冒険者さんなのかも。

「サンキューな、トレーズ！」

こっちにむかってくる冒険者パーティ。

（くるよ……っ）

僕は教会の窓から、なかでお祈りしてる庶民にまぎれてるウェンウェンに合図した。

「さーせーん！」

「解呪をお願いしに来ましたー！」

冒険者さんが扉をあけてなかにいる神官さんに声をかけると、神官さんは早足でお迎えに出てくる。

「はいはい。ああ、呪いがかけられた方はそこから先、教会内には進まないでくださいね。どなたが解呪を？」

こっそりあとを追ってきたウェンウェンが神官さんの腰に手を伸ばす。

（んんんっもうちょい……！）

「全員分お願いしたいわ」

「厄払いもかねてな。景気づけに頼む」

「おや。では神官を増やしましょう。そこでお待ちなさい。動かないように」

ウェンウェンがアイテムをとりかえっこしようとした瞬間、冒険者の人数をみた神官さんがくるりと教会の奥にもどってった。ああ～っおしい。もう少しで取れそうだったのにちょうど反対側になっちゃった。

ウェンウェンは入り口にある聖女の像を見てる振りでごまかしてる。

ハラハラして見てるとトレーズくんがもどってきて、僕の横から教会のなかの様子を確認する。

「どうなった」

「神官さんふやすって」

「マジか」

解呪のアイテム持ってる人が増えるのはいいけど、増えたぶんだけ人目も増えちゃう。追加の神官さんによってはとりかえっこするのがムズくなりそう。

小さい教会だから奥から出てきたのは神官さんふたりだけで、合計三人になった。ぐぬぬ、どうかなー。最初に対応したのと左にいる神官さんはぼんやりした印象で、右にいる神官さんはまじめそう。解呪してしんぜよう、全力で、ってお顔。

（びみょうに難易度あがったような……）

ウェンウェンは真顔神官さんのほうでスタンバイしちゃってた。う、動けるのだろうか。

ちょっとでもへんな動きしたらバレそう、ここは慎重に……と思って見てたんだけど、ウェンウェンが振り返るふりしてさりげなく手を伸ばした！

いったー!!

が、神官さんたちは冒険者さんにあいさつを終えるとすぐに解呪アイテムを腰からはずして握りなおしてスーッとお空にかかげだしたのでスカった。

虫メガネみたいのを両手で持ってうえにかざしてるの。

「くそ、スキがねぇな」

トレーズくんも舌打ちするスキのなさ。

僕たちがまごまごしてるあいだに祈りがおわっちゃった。

神官さんたちが腰に下げ直して、真ん中はお布施をもらうつもりでニコニコして立ってるけど両サイドはもう奥に帰る感だしてる。

じ、時間がない……！

「行ってくる。ここにいろ」

「えっえっ」

小さい声でゆったトレーズくんが、教会の陰から早足で出ていく。お布施を渡して帰っていく冒険者さんたちの横をすり抜けて教会のなかに入って、三人の神官さんをまえにすごい勢いで絡んでいく。

「神官さま、オレみたいなスラムのやつでも祈りをささげていいですか。願ってみたいことがあって」

日常では見ない速さで近寄られて、神官さんたちはビクッてしてた。

「ス、スラムの者ですね。もちろん祈りは誰にでも許された行為です」

「でもオレ、お布施できる金持ってないです」

「敬虔《けいけん》な祈りは金銭で左右されるものではありません」

「え!?　祈りに金がかからない!?」

「ええ、聖なる女神は誰にでも平ど……」

「教会って思ったより親切なんすね!!」

「ちょ、声を控えなさい……っ」

「祈りに作法は？　組む指は左がうえ？　あ、まず右足から歩くとか？」

トレーズくんは絡み方をよく知ってるなぁ。案の定、神官さんたちはめんどくさい事態をお互いに押しつけようとして視線でやりとりしてる。前世でも果たし状を持ってきた他校の不良を押しつけ合う先輩たちを見てたからね。めんどがってるフンイキはわかるのだ。

お祈りに来てる庶民の人たちもいる手前、神官さんたちもあんまり強引に振りはらえないみたいだ。

ウェンウェンはその隙をみて、のんびり顔の神官さんに近づいてく。狭い入り口に詰まってる神官さんとトレーズくんを避けようとする一般の人を装って体を接触させた。

よろめいた同僚を支えつつ、同時にウェンウェンにあやしむ視線をむけた真顔の神官さん。

(や、やばっ、やばー！)

「あ――――！　あの人、聖女さまかなー！！！」

気づいたら僕、知らない人を指さしてめちゃくちゃでっかい声で叫んでた。

ちょっと離れたとこにいる長くて黒髪の人のうしろ姿。聖女さんの髪はピンクだからあきらかにちがうんだけど、もう聖女さんにするしかないと思う気持ちでゆいました！　すみません！

粗めのフォローだったけど神官さんたちの気をそらすことには成功したみたい。

真顔神官さんは僕の指先にいる人を見て、それからゆっくりと僕に近づいてきた。

「少年よ、あれは聖女様ではない。髪の長いおじさんです。くれぐれも見間違えないように」

ちょっとした騒ぎに振り返った黒髪の人、おじさんだった……。

「しかし聖女様に憧れる気持ちはわかります。敬虔に祈ればいつかお姿を見られるかもしれませんよ」

「あい……」

聖女さんの姿を真正面から見る日は僕のさいごかもしれないけどね！

神官さんのはげましにペコリと頭を下げてると、視界のはじっこでのんびり神官さんに話しかけてるウェンウェンが見えた。

「神官様、落としましたよ」

「え？　ああ、ありがとうございます」

帰っていく神官さん。笑顔のウェンウェン。

ポッケにいれた解呪アイテムはちゃんと魔力がぽわぽわしてたよ。


魔力を注ぎこめば発動するらしい虫メガネに僕が代表して魔力をいれます。僕は魔力量しょぼいしおそばみたいな地味な色だけどお役に立てた。

トレーズくんが虫メガネをコヨトルの頭のうえにかざすと、丸いとこから触手がじゅわわ～って伸びてきて呪いを吸い上げていく。

「……」

「ココトルぅ」

ウェンウェンは心配そうに手を握り、ココトルのお顔をのぞきこんだ。

どうかな、効いてるかな。黒いモヤモヤは触手につかまれてぶんぶんに振り回されてる。イェイイェイしてた触手は気が済んだって感じで、ちゅるるんって虫メガネにもどっていった。

(じゃ、弱肉強食……)


「ウェンウェン……ありがと」

「ココトルー！　あーん!!」

ウェンウェンに勢いよく抱きつかれてココトルはうしろに倒れそうになってたけど、腕はしっかりウェンウェンをぎゅっとしてた。もう泣いちゃってるウェンウェンの頭をなでてあげるのはお兄ちゃんのお顔だ。

「よかったねぇ」

「ああ。おまえのおかげだ」

「フランです」

「およ。って帰らねぇとやばくねぇか?」

「んあ！　や、ヤバイかも！」

しみじみしてたけどお時間やばい!!

僕はふたりにお別れをゆってトレーズくんと走って廃教会にもどったのだった。

†なにもないと思ってた春におともだちができた話

三ヶ月にいちどやる大教会の集会。

神官さんのありがたくて絶妙にながいお話にうむうむってして、いま、馬車にもどってきました。

お父様とステファンお兄様は寄付のお話しに行ったから、僕はセブランお兄様と馬車のなかでお留守番しているよ。

本当はひとりでお留守番できたんだけど、去年、馬車から出るなってゆわれてたのに僕がしっかりお外に出てスラムの子たちに囲まれるという事件を起こしたので、見張りのためにセブランお兄様もいっしょにいてくれてるのだ。もうしわけない。

キティの持ってるかごからクッキーを一枚ずつもらいながら、セブランお兄様となにげないお話をしてた。

「んえっ、神官さまたちの『森でキャンプ』って呪いのためだったんですか。なんかたのしそうなお泊まり会したのかと思ってました」

「う、うん。騎士たちに同行して解呪アイテムを木々に打ちつけたという話だったよ。さいきん多かった呪詛《じゅそ》被害のためで、効果は数日だけど範囲を広くしたからもう大丈夫だろうという成果を話されていたね」

今日のありがたいお話は、神官さんたちが森に泊まっていい空気吸ってきたみたいなトークだったから森のキャンプたのしそうだなぁと思ってたのに、おしごとだったとは。

「神官さま、あんなにウキウキなテンションだったのに……」

「貴族の子や庶民の参加も多いから、恐ろしくないように話されたんだろう」

神官さんは誰にでもわかるようにお話してくれるんだけど、オブラートが厚すぎてメインの味しないときあるんだよね。あと、ながくて聞いてるとうとうとしちゃうっていうのもある。

(じゃあ森で呪われることは少なくなるのかな)

「フラン」

「あい」

「フランが黒い一角兎のことを話してくれただろう？　あれがきっかけになったから、春の行軍に神官たちの同行が決まったそうだよ」

「？　そうなのですか」

結局モヤモヤした一角兎は見つからなかった。

けど、解呪アイテムの近くを通れば治るからそれに期待してるそうです。

呪いってふつうにしてても自然に発生するらしいから、森にアイテム貼りつけたことでちょっとでも安全になったならいいよね。

「教会に仕事をさせることができたと、ステファン兄様も笑っていた」

「んふふ。よかったです！」

よくわかんないけどセブランお兄様が笑ってるなら、僕もうれしい！

お兄様とニコニコにしてたら、馬車のお外が騒がしくなってきた。にぎやかな子どもたちの声と、こぞってくる気配。

「貴族さま、おめぐみください！」

「んあっ、もう来ちゃった！」

集会のときは貴族が集まるから、スラムの子たちにとってはおやつ回収タイムなのだ。順々に巡ってきてついに我が家の馬車までやってきましたな。

僕たちもあげる用におやつをご用意してて、今日はクッキーとアメのつめ合わせを小袋にしてある。いっぱいあるからじゅうぶん足りるはず。

「フラン、クッキーは上からだよ」

「はいっ」

「窓をお開けいたします」

キティが馬車の窓をガコンッてあけてくれて、僕はおイスに膝立ちになった。

セブランお兄様はうしろで僕に小袋を渡してくれる役だけど、まんがいち僕が馬車から飛び出しそうになったらすぐに腰をつかんで引きもどす役ともいえる。

僕が窓から身を乗り出すと、馬車の下にいた子たちが一斉に見上げて手を伸ばしてくるのはホラー味がある。でも馬車を叩いたりしないし、回を重ねるごとにお行儀が良くなってる気がするのだ。

「貴族さまおめぐみください！」

「おめぐみください！」

「はい、どうぞ！　ひとつずつだからね、ならんでね」

うむ。やっぱり去年より俄然《がぜん》おりこうになってる。

人数はごっそりいるけどクッキーの袋を受けとった子はつぎの子のジャマにならないようにテテーって離れてくよ。

「はい、どうぞ。キミも、はい。はい。はーい。はい、は、い……？」

テンポ良くお渡ししてたら、ふたりのちょっと背の高い子たちの順番になった。フードをかぶってたけど、真下に来たらひょいってフードをはずして僕を見上げる。そのお顔がふたりそっくり！

「貴族さま……ください……」

「おめぐみくーださーい！」

「コッ……!!」

（ココトル！　ウェンウェン！）

おでこに黒いちっちゃいツノをそなえたココトルとウェンウェン。ココトルの呪いを解いてから、ふたりとトレーズくんは森の行軍に参加してたから会えてなかった。

びっくりした僕にいたずらが成功したみたいに笑ってる。

「へへへ。びっくりしたっ？」

「……今日帰る……あいさつしたかったから……」

おやつの小袋を差し出したまま固まってる僕の手に、ふたりがそっと指先をあててくれた。

握手もできないしハグもできない。だからこれはここでできる精いっぱいのお別れのごあいさつだ。

「んううっ」

おなまえも呼べなくて、さよならってゆえないもどかしさにお口を噛《か》んじゃう。ぐにゅうってしてる僕を見て、おもしろそうにウェンウェンとコヨトルは笑ってた。

「フフフッ。ありがとうございました！」

「ありがとう……フーちゃんのこと、忘れない……」

「僕も、僕も……っ」

お菓子を持ってないほうの手も伸ばして、ひっしで握手しようとする。ふたりはクスクス笑って指先を握ってくれた。

「フラン？」

僕の様子がおかしすぎてセブランお兄様が立ち上がった。

「またね、フーちゃん」

「ばいばい」

「……あ！」

あっさりと手を離したふたりはスルスルと人波をかわして歩いてく。その先には、ポッケに手をいれてずっと見守っててくれたらしいトレーズくん。

僕と目が合うとふって笑った。

コヨトルとウェンウェンとすれちがうときにポッケから出した両手をパチンと合わせたのは、きっとお別れのあいさつだ。すごくさみしいけど、跳ねるようにして歩くふたりはたのしそうで、お胸があったかくなったよ。

（さよなら、またねっ）

お手てをつないで去っていく双子のお背中に、僕は心のなかでお別れをつたえたのでした。

おやつ配り終了。スラムの子たちはつぎの馬車へ向かってった。

馬車のおイスにもどった僕の手のなかには、金色のコイン。

「見事な工芸だね。もらったのかい？」

「はい！」

双子を見送ってるときに気づいた。ウェンウェンが僕の手にあったおやつとこのコインをとりかえっこしてたんだ。

裏にはもふっとしたうさぎのあしあと。表にはかっこいいドラゴンの横顔。キラキラに磨かれて、あのとき売られてたコインよりももっともっとキレイだった。

「すごくキレイです。大切にします！」

勇者の仲間になるふたり。悪役の僕を倒す竜の亜人。

だけどおともだちだ。きっとふたりもそう思ってくれてるはず。

つぎに会うとき僕はよい子になって、「ひさしぶりだね！」ってハグするんだ！

フスンと鼻息を出してコインをお胸に抱きしめた僕を、セブランお兄様が微笑《ほほえ》みながらなでてくれたのでした。

閑話　コヨトルとウェンウェン

ぼくはコヨトル。ドラゴニュートだよ。

お店の受付のところで、五百年前のオルゴールを直してる。木で歯車を作ったから当時のように回るはず。

13歳でこの骨董《こっとう》と雑貨のお店を構えて一年目。記念日だからウェンウェンとお祝いしたいと思ってる。

「お客様、お目が高い！　それは先日滅びた西の王国からのさいごの輸入品です。わたくしどもがキケンを顧みず、直接入手してきましたもので」

あの指輪はもう詳細絵も描いて、一週間かけて精巧なレプリカも作ったから、売ってしまってかまわない。西の王国は文化的発展が少なくて、調べ物はすぐに終わってさみしかったな。

「まあ、西の？　あそこは芸術品が多かったのに残念よね。質のよい化粧品もたくさんあって、おかげで美女ばかりというウワサでしたでしょう。ああ、おしろいのひとつでも使ってみたかったわ」

お客さんが着てるのはベルベットのドレス。仕立ては南のもので、まだ縫い目も新しい。昨日買ったものみたい。

だけど、それより、化粧品のお話なら言っておかなくちゃ。

僕はお客さんを挟んでウェンウェンと反対側に立った。

「……奥様、化粧品ならば帝国製がトレンドです。質と安全性、効果もばっちり。公爵家も定期的に出入りさせてる新商店がオススメです。ちなみに王国は美女が多いというより、化粧技術力がすごかった」

「まあそうなの。帝国は飛ぶ竜を落として飼う勢いだと聞くけれど……え、あら、あなたたち双子なのね、よく似てるわ」

左右に顔を振って、僕とウェンウェンを見比べるお客さん。

僕とウェンウェンは身長も体重もおなじ。いつもベッドで向かい合わせに寝るとき、鏡を見てるみたいだと思うもの。

「ホントですか!?」

僕が頷《うなず》くまえにウェンウェンの喜色満面な声がちいさいお店に響いた。お客さんといっしょに僕もすこしビクッとしちゃったけど、ウェンウェンはすごく嬉《うれ》しそうで頬も赤くしてた。

「わ～うれしい！　奥様、こちらの試供品を特別に差し上げます。帝国貴族御用達《ごようたし》でなかなか手に入らないヘアオイルですよっ」

「まあっいいの？　ありがとう！」

「はい。どうぞゆっくり、他もご覧になってください」

似てると言われて興奮しだしたウェンウェンの手を繋《つな》いで、僕はお店の奥に引きずってく。他のお客さんに見えないようにカウンターの陰に隠れる。

「ココトル、ココトル！」

「うん。似てるって言われるの、嬉しいね」

「うんっ」

抱きしめて背中を撫《な》でてあげる。ウェンウェンは気づいてないかもしれないけど、角が興奮で赤くなってきてる。もうすぐ雷響を出し始めそう。落ち着かせなくちゃ。

「よしよし。かわいいウェンウェン。大丈夫、大丈夫」

「ココトルぅ……」

むかし、アスカロン帝国でこうやって落ち着かせ合うふたりを見た。そうすると抱きしめられたほうは、しばらくするとトロンてなるんだ。

効果はてきめんで、ウェンウェンも僕の肩におでこをつけてハフとため息をついた。

「ココトル、ココトル。あの女の人、共和国のピアスをしてたよ」

「……南に来てるってことは、カモを掬《すく》い取りに来たんだ。戦いがはじまる」

ウェンウェンはよく見てる。小さい頃はスリを得意にしていたけど、悪いことをしたら捕まって離れ離れにされるって教えてもらった。だからウェンウェンは物をスるのはやめて、情報をスるようになったんだ。これは誰にも怒られない技術だよ。

夕方になってお客さんもいなくなった。

小さいお店の簡単な木戸を閉めて、ランプに火を吹いて灯《とも》した。

「この店も一年かぁ。長かったから、ちょっとしみじみしちゃうね」

「たのしい街だったね」

ウェンウェンと協力して棚に並べられた品物を丁寧に箱に入れていく。

小さな店だし、もともと多くは置かないようにしていたから、背負えるくらいの木箱ふたつに収まった。

「王都が落ちれば、お城に入れる」

「おもしろい資料がたくさんあるね！」

僕はものづくりが好き。知らない意匠や装飾を、作った人のことを思い浮かべて作るのが好き。でも不器用だから、納得できるくらい本物そっくりに作るには時間がかかる。

ウェンウェンは手先が器用で空気を読むのが上手。まえは〝どりかえっこ遊び〟が楽しかったみたいだけど、いまはいろんな情報を集めるのが好きみたい。

「ココトル」

「なぁに。ウェンウェン」

布でくるんだ木箱を背負いながら、ウェンウェンが浮かない顔をしてる。ウェンウェンが悲しいと、僕も悲しい。両手を絡ませてぎゅうとしてあげると、縦長の瞳をうるませてポツリと呟《つぶや》いた。

「……このごろの帝国は、すこし強すぎると思うんだ。貴族も傭兵《ようへい》も戦争に参加するし、だから、あの」

「トレーズとフランさまが心配？」

「……うん」

ゆっくりと手を引いて、からっぽになったお店から出る。

夜もふかい時間で、通りには誰もいない。

「たくさん情報を集めよう。たいていの宝物庫なら僕のカギで開けられる。帝国が魔王にのまれているなら、助けてあげなくちゃ」

「魔王なんているのかなぁ……」

「各国の歴史書にあるからね」

魔王が目覚めると世界が荒れる。そういう伝説は各国に伝わっているけど、いまの帝国はそのきわめて初めの雰囲気に近い。

「ねぇねぇ。もしもフーちゃんやトレーズが戦争であぶなくなったら」

「うん、北へ連れていこう。僕たちならお金もあるし、養えるもの」

「ココトルかっこいいいっ。僕も危ないものあったら食べちゃうからね！」

「うふふ。お腹《なか》壊さないようにしようね」

「ねー！」

深夜の真っ暗な道も、ドラゴニュートの僕たちにはお昼みたいに明るく見える。

僕とウェンウェンは一年暮らした街を出て、手を繋いで目的地に向かう。ここから三日歩いた国の中枢が、きっと五日ほどで滅ぶから。

人間が争ってるのはどうでもいいと思うけど、僕たちの大事なお友だちが苦労していたらイヤだ。

いつか恩返しするってウェンウェンと約束した。

ふたりが呼んだときには駆けつけようねって。そのときには強くてすごいドラゴニュートの姿を見せちゃおうねって。

ちょっと恥ずかしいけどそういう決意をして、僕たちはお月様の出てる街道をてくてく歩いたのだった。

エピローグ

成長しても僕のよい子な日常（いましめを含む！）

Akuyaku no Goreisoku no Dounikashitai Nichijyo

「んはー……」

お部屋の長いソファに寝そべって、背もたれとおイスのすき間のとこにはさまりドゥリリリンと体を回転させてる僕、公爵家三男７歳。

６歳の時もやってたけど、ソファのはさまり心地はいつでも最高です。

「ぼっちゃま、どうなさいました」

「んーん……なんでもないよ」

ウソついちゃった。なんでもはある。キティも心配して、ぼっちゃまが瞑想《めいそう》のお時間です！　ってゆってお茶の準備させてるのがもうしわけない。

けど原因はゆえないんだ。

だっておしのびで出会った双子のドラゴニュートとお別れしたのがさみしいって、どのワードをえらんでもアウトなんだもの。

双子がお金をためられて、地元に旅立って行けたのはすごくいいことで、僕もほんとにこころから良かったねって思ったんだよ。

なのに、二日たってみたらね、なんかね。

「……さみしい」

ゾモリ。

ソファの角っこにお顔をいれてちいちゃくつぶやいた。

……あ、この角度すごく癒《いや》されるな。お顔がきゅっとして癒される。どうやっても悲しいから、ちょっとだけ、ちょっとだけ寝ちゃおかな……。

「んむぬ」

なんかツムジあたりに人の視線を感じて、僕はソファに埋めてたお顔を、お体ごとごろりんとして反対にむけた。

「おや、起きたね」

「ンバァア!? セブラ、セブランお兄様っ」

「ぐっすり寝ていたね。ふふ、ソファの跡がついているよ」

「ぐゅ……」

振りむいたらお兄様のお顔があってびっくりしちゃった。セブランお兄様はしゃがんで僕のことを観察してたらしい。布の跡のついた僕のほっぺを親指で優しくなでて跡を消そうとしてくれた。

「んん」

僕なんで寝てたんだっけ？　あと僕のお部屋にセブランお兄様がいるのもなんでだっけ。

「？」

「落ちこんでいるようだと聞いたよ。お話しできないことかい？」

「んあ」

うながされて思い出した。そうだ僕、双子とお別れしたのがさみしくなってきて、それで、それで。

「ぶ……ぶびぃ」

「ああしまった。忘れかけていたんだね」

僕の目に涙がにじんだのを見て、セブランお兄様があわてた。ソファにすわらせてくれて、横からぎゅってしてくれる。すごくせつなくなったのを、セブランお兄様にギュムムと抱きついてごまかす。

うぐぅ。お兄様の香りが落ちつくよぅ。

「ンズズ」

「ハーブティーだよ。カップを持てる？」

「ぁい」

お鼻をズビズビしてたら、メイドたちがご用意したお茶からハーブティーをえらんでくれた。カップを受けとるとカモミールの香り。飲みやすい温度のお茶をこくり、こくりと飲む。そのあいだも、お兄様はずっとおとなりにいてくれた。

「はふ。落ちつきました」

「うん、よかった」

「……あの、セブランお兄様。僕、お別れをしてさみしくて、けどそれはよいことで、でも遠くに行っちゃったと思ったら悲しくなっちゃったんです」

「そう。遠くに行ってしまうのは、とても悲しくてさみしいね」

「はい」

くわしくお話できなかったけど、セブランお兄様は僕がおセンチになってるのをわかってくれて、ゆっくりと頭をなでてくれた。

「でも……っ、でも応援します！　がんばれーって思っていたら、きっといい風になると思うんです！」

「うん。それは良いことだ。きっとフランの祈りは叶《かな》うさ」

こめかみにチュッてしてくれる。それから優しいお顔して大丈夫ってふうに僕を見つめてくれるから、お胸がトキトキとした。これはうれしい気持ち！

「んひゅふ」

「そうだ。せっかくだから大教会で祈ってこようか。そして帰りにお菓子を買ってこよう」

「おかし！　行きますっ」

お菓子はいつでも何個あってもいいですからね！　元気になるモトだ。お祈りもすればきっと気持ちもすっきりするよねっ。

寝起きのお顔を洗って、教会用の洋服に着替えたら、ふたりでしゅっぱつ。

教会は今日も人がいっぱいいたけど、エラい神官さんが僕たちに気づいてくれてお祈りスペースまでエスコートしてくれた。

「トリアイナ家のお方々、よくおいでくださいました。聖なる神もお喜びになるでしょう」

「うん。少し祈りを捧《ささ》げていくだけだから、ここまでで。案内に感謝します」

「わかりました」

お兄様がゆうと神官さんはスッと頭を下げてそのままどっか行っちゃった。お気遣いのできる神官さんである。

「セブランお兄様もお祈りしますか？」

「うん。じつは森に出た一角兎《いっかくうさぎ》だけれど、兵士らが逃がしてしまってね。広い森では見つからないだろうから、一帯に解呪のアイテムを使った浄化作戦を行うことになったそうなのだ。それがうまくいくように祈るよ」

「ほはぁー」

あのうさぎさん、逃げられたんだ。呪いさえ解ければふつうのでっかい魔物うさぎにもどるはずだもんね。浄化する作戦なら、きっとおケガもしないでしょう。

「さあ、フラン」

「はいっ」

りっぱなステンドグラスがはめられた、いちばんお金がかかってそうなお祈りスペースで、僕は指を組み合わせて目を閉じた。

（ええと、まずはココトルとウェンウェンがぶじに旅ができますように！　おうちに帰れていい感じに……えーあの、ツノが折れないいい感じの生き方ができますように！）

ゲームのパッケージに描かれてた双子はツノが折れてたからね、そんなことになんないように、でも勇者の仲間になるくらいのつよくてよい子に成長したらいいな！

（あとは、うさぎさんも呪いがなくなってよい子になりますように！）

双子のこともうさぎのことも念入りにお祈りしておく。どっちも無傷で元気にぴょんぴょんできたらいいよね！

でっかいうさぎとコヨトルとウェンウェンがジャンプしながら踊ってるのを想像したら、さみしいのがちょっとだけなくなった。

「セブランお兄様」

「うん？」

「すっきりしました！　おげんきも出てます！」

ご心配おかけしました！　元気の証拠にキリッてしたら、セブランお兄様は安心したように笑って僕のお背中をなでてくれる。

「よかった。立ち直れることは生きていくうえで大切なことだからね。フランはちいさいのに、それができて偉かったね」

「えへへへへ。セブランお兄様はすごく優しくて、褒めてくれるからだいすきです！」

「ボクもフランが大好きだよ」

うへへへって照れてたら、帰りの通路をふたり組の神官さんがおしゃべりしながら歩いてきた。

「さいきん調子が戻ってきたのではないですか？」

（んう？　……あ！）

見覚えあるって思ったら、片方はウェンウェンが魔導具をとりかえっこした神官さんだった！　解呪のアイテムをにぎにぎしてうれしそうにしてる。

「ええ。いろいろ試したのですが、解呪のために錫杖《しゃくじょう》を掲げるときに肩をこう、うしろに引くといいとわかってきたのです」

「うしろに。姿勢が大切だったのですか」

……調子わるかったのってニセの魔道具を使ってたから……。

ウェンウェンたちどうやって返すのかって思ってたけど、ちゃんとお返ししたんだ。よかった。

「無自覚にあった私の気の緩みを、聖なる神が見破って、試練をお与えになったのでしょう」

「それならば素晴らしい機会でしたね」

「はい。今ならばどのような悪しき呪いや生き物が来ても、この錫杖でエイ！　と退けてやりますよ」

「ははは。頼もしい」

ドヒュン！

（エイの威力……！）

あの人、魔力がおつよい。デモンストレーションみたいにエイってやっただけなのに、けっこうなパワーが天井にむかって走ってってた。

ひぇー……やばい。僕がわるい子になったら、やる気を増したあの神官さんにエイッてされる……！　そもそもとりかえっこの共犯だからどのタイミングでも、処されてしかるべきといえばそう！　処される！

「ひぇえ」

おヘソとお背中からライトセーバー的なのを放出する自分を想像してゾッとしちゃう。

「フラン？」

「おか、お、おかし！　おかし食べたいです……っ」

「わあっ、そんなに引っ張っては！　ふふふ、フランは元気だね」

にこにこしてついて来てくれるセブランお兄様とひっしな僕。対比がえぐいけど、ここから離れないと、あの、こわすぎでして！

ほがらかにおしゃべりしてる神官さんからいちばんとおい通路を歩いて、お外にビュン！

「ふい〜」

あせったなぁー。お外の空気が気持ちいい！

「んう」

薄暗い教会からお外に出たから、ちょっとまぶしくて目が細くなっちゃう。と、おでこに柔らかい布がポン、ポンてあてられた。

見上げるとセブランお兄様がハンカチで僕のおでこを拭いてくれてる。優しい手つきだからなでられてるみたい。

「ふふ、汗をかいたね」

「ありがとうございます、セブランお兄様。気持ちいいです！」

「うん。じゃあ、お菓子のお店を探そうか。フランは何が食べたい？」

「う〜ん……アップルパイはシェフのが最高ですし」

ハンカチをしまったセブランお兄様と手を繋いで、教会の外階段をゆっくりとおりていく。

「そうだ。フラン、去年お祖父《じい》様が持ってきてくださったショコラのケーキ屋を探してみないかい？」

「！　みたいです！　お店がどんなんか気になります！」

「そうだね、行ってみよう」

馬車は高いお店がならぶ通りへ走りだす。

「セブランお兄様、ショコラのケーキは今年もおじい様が持ってきてくださるってゆってたから、買うなら別のケーキにしましょうねっ」

「ふふふ、うん。あのケーキはお祖父様専用だものね」

「はいっ。あれはおじい様のケーキです！」

去年、おじい様が帝都に来たとき持ってきてくれたショコラのケーキ。前世とちがってショコラは貴重だから、食べたときびっくりして、おじい様への尊敬がとまらなくなったよね。

悪役になったら僕は勇者にエイッてされて、ショコラ食べられない。おじい様にも会えなくなる。だから僕はよい子にならねばなのだ。おじい様のショコラケーキはよい子チェックケーキとゆってもいい！

おじい様のケーキはまだ先だけど、きっとショコラ以外もおいしいケーキ屋さんにちがいないから、お父様やステファンお兄様が帰ってきたときにいっしょに食べたいな！

「セブランお兄様、お父様とステファンお兄様用に甘すぎないケーキも買いましょうねっ。あ、けどもしかしたら甘くてもおいしいのがあるかもっ。ンアアッ、予備が！　予備があってもいいかもですよね!?　食べられなかったら僕とセブランお兄様とわけっこしたらいいですし！」

だめだ。よい子のことより、ケーキのことで頭がパンパンになってきた。どうしよう、鼻息が荒くなってとまらない。予備のケーキとかすごい夢のある存在だぞ！

「あははっ。ふふふっ、みんなでお茶会ができるように、父様たちに手紙を書こうか。楽しみだね」

「はい！」

セブランお兄様がほっぺをなでてくれる。

やさしくてあったかいお手てに、こんな日常がずっとつづくといいなって思って、全力でお顔をすりつける僕なのでした。

番外編

使用人とフラン7歳

Akuyaku no Goreisoku no Dounikashitai Nichijyo

「はわぁあああステキ……」

避暑地の別荘での長期滞在から戻ったフランぼっちゃまは、着替えもそこそこに持ち帰ったお土産を前にして感嘆のため息をおつきでした。

テーブルの上にふたつ並べられた大セミの抜け殻。毎年ぼっちゃまが気に入ったひとつをお持ち帰りになるのですが、去年からはふたつ持ち帰ることになりました。家庭教師へ贈られるのだそう。

「ぬぐぐぐぐ」

欠けもなく艶も形もはっきりした抜け殻は、両方ともに今年見つけた中ではかなり大きなほうになります。

ふたつを見比べてマジマジと検分するぼっちゃまは、7歳とは思えないほど真剣な表情です。腕を組んで唸《うな》り声をあげる姿は、旦那様に似ているような気がしなくもありません。可愛《かわい》らしい印象の強いぼっちゃまですが、凛々《りり》しいところもあるのかもしれません。

「……こっち！　かっこいいほうをあげる！」

よりかっこいいと思われるほうをプレゼントにお選びになったようでした。

ぼっちゃまは慈悲深く、清廉でいらっしゃいます！　私はその場にいた上司と顔を見合わせて、興奮に頷《うなず》き合いました。

家庭教師へのプレゼントは、お渡しになられる日まで私たちメイドが管理いたします。せっかくの完璧な抜け殻ですので、かけらほどの傷もつけられません。大事な仕事です。

「よろしくお願いしますっ。こっちは僕がやーろお」

近づいたメイドの持ったトレイの上へ、慎重に抜け殻をのせられたぼっちゃまは、もうひとつを抱えて窓際へ向かわれます。そしてよく陽のあたる場所に置かれました。

「はあーすてき……」

その日は夕方頃まで飽きずに鑑賞されたぼっちゃまでした。


「んふんふんふーんんんうーずんずんずんずん～」

秋に向かい穏やかになってきた日差しの中で、ぼっちゃまが踊っていらっしゃいます。

シェフの仕込んだベリーパイを食べ終え、本命のアップルパイを待っている数分のことです。ベリーパイもそれなりにお気に召したのか、一ピースを食べきったあと、椅子から降り立ち目を閉じて身振りは小さく踊っていらっしゃるのです。

ぼっちゃまの機嫌がよいときに稀《まれ》に見られる行動です。メイドたちの間で、ぼっちゃまには妖精の音楽が聞こえているのでは、という説がこの前の会議では有力でした。

「ぼっちゃまー！　お待たせいたしました！」

「シェフ！　おっけー僕もすわるからねっ、はやくねっ」

けたたましい音を立ててワゴンを引いてきた料理長が、アップルパイを切り分けてぼっちゃまのお皿にのせました。

今まで踊っていたことなどなかったかのように、あっという間にパイに夢中になるぼっちゃま。ひとくち食べてゆっくりと飲み込むと、フォークを置いて両手で頬を包まれました。

「んああああーおいしいねぇー」

至福の表情。

「早採れのリンゴですので、少々酸味がございます」

「うむ、それもいいよね！」

ぼっちゃまがお幸せそうだと、こちらまで幸せになるのは、トリアイナに仕えるメイドたちには当然の理《ことわり》なのかもしれません。

おやつを食べたらお部屋にお戻りになり、ぼっちゃまはそろそろお昼寝のお時間です。

「おなかぽんぽんになっちゃった」

自らのおなかを少しだけ叩《たた》いてみせてくださいました。ぼっちゃまのお体は成長がゆっくりなので、お食事のあとでなくとも、おなかはまだぽっこりしていらっしゃいます。

私たちが微笑《ほほえ》ましく見守るなか、ぼっちゃまは窓際へ向かわれます。

「ひっくり返そうねー」

日課であられる大セミの抜け殻の回転を行われ、角度などをしっかりと確かめられました。

「うむ！」

「ぼっちゃま、お昼寝の準備が整いましてございます」

「ん。ねる」

満足げに頷かれたぼっちゃまは、キティ様と寝室へ入っていかれました。


季節はすっかり秋になり、時折寒いと感じる日も出てくるようになりました。

秋はお城の仕事が少ないらしく、本日はなんとステファン様がもうご帰宅されています。

「んあーっステファンお兄様！　ステファンお兄様ぁー！　んあああああーっ」

「よし、そらっ」

「んひゅふふへへへへ！　もっかいしてくださいっもっかいしてくださいっ！」

秋の花々が美しく咲くぼっちゃまのお庭。

ステファン様が末の弟君を優しく芝生に寝転がらせる遊びをしてくださっていました。

私たちはお部屋からその微笑ましくも優雅な光景を見守っていたのですが、ついに上司からあの言葉が発せられました。

「今日が頃合いでしょう」

その場にいたメイドたちが全員息を飲みます。誰もがやりたくない仕事ですが、やらねばならない仕事です。

私は意を決し、俯《うつむ》くように礼をしました。

上司が小さくありがとうと言うのが聞こえました。

私は気配を消し、足音も立てないように細心の注意を払い、窓際に近づきます。そして近頃は転がされなくなった大セミの抜け殻を持ち上げました。これを然るべき場所に運ぶのです。

「……」

「どうかしましたか？」

「……ぼっちゃまが、悲しむのではないかと」

この処分をする日はいつも胸が痛くなります。夏にあんなにも楽しそうに捕まえていたぼっちゃまの姿が頭に浮かぶのです。

「大丈夫です。消えたことにお気づきになるのは冬になってからでしょうし、魔法生物は自然に消えるとお思いですから。それより決して見られてはなりません」

「はい」

上司が私の背中を慰めるように撫《な》でてくださいました。上司とて命じたくはないのでしょう。

私はお庭から聞こえるぼっちゃまの笑い声を背に、そっとお部屋を抜け出しました。

「もうそんな時季なのですなぁ」

たどり着いたのは庭師ピョートルの小屋。

抜け殻を渡すとピョートルは「今年も立派だ」と笑みを浮かべます。

ぼっちゃまが管理なさっていた大セミの抜け殻。栄養が豊富で魔力もわずかに含んでいるものです。ピョートルの手によりリンゴの木の下に埋められ、来年の花、そして実をつけるための大切な栄養剤になり、ぼっちゃまの助けになるのです。

番外編　ラファエル付きメイド

我が帝国の皇室に行儀見習いであっても入れることはたいへんな栄誉です。それだけでも伯爵家のわたくしにとっては多幸だというのに、第二皇子付きに配属されるとは。実家では身内だけながら祝賀が開かれたと聞きました。

「フランのところへ行く」

８歳のラファエル皇子はたいへんに聡明であらせられ、そしてそのせいでいつでも気疲れをなさっておいでです。

「すぐに手配いたしましょう」

「うん……」

母君と少々お話なさって、そして自室にもどるとすっかり覇気が薄くなられたラファエル皇子が椅子にかけてぼんやりとお返事をなさいました。

侍従様が指示をなさり、言葉通りすぐに公爵家へ向かうことになりました。フラン様というのは我が帝国の槍《やり》・トリアイナ公爵家のご令息で、ラファエル皇子のお気に入りの御子様です。

公爵家につくとラファエル皇子を出迎えた執事が、庭園ではなく、奥のプライベートな敷地へ案内してくれました。

「ふぅ……」

ラファエル皇子がふかく息を吐かれました。

わたくしも何度も来ているのですが、そこはなんといいますか、とても素朴なお庭でございます。美しい花や整えられた木々ではなく、野放図ともいえるほどに草花が奔放に生えているのです。屋敷の中にわざと野原を作ったのでしょうか。王宮では、いえ、高位貴族でも見ないお庭です。

「バッタ!」

茂る低木の根元で、ちいさな男の子がしゃがんでいました。手が土で汚れるのもいとわず、土塊《つちくれ》を触っていらっしゃるのが、そう、このお庭の主、フラン様でいらっしゃる。

「ぬぬぅ……はやい」

「ふふ。何をしているんだい、フラン」

「ぇあ!? お、皇子、ようこそいらっしゃいました!」

「うん」

わたくしどもが頭を下げているうちに、おふたりの間であいさつが交わされます。ラファエル皇子のお声にも張りが出たように感じられ、一同うれしく思う瞬間でございます。

テーブルにつくと紅茶をお飲みになるラファエル皇子。ゆったりとまわりを眺めておいでです。

わたくしも立ったままでおりますが、森ほど鬱蒼《うっそう》とはせず、しかしほどよく木陰があり、なにやらここだけが世界から切り取られたような気持ちになるお庭。

「フラン、なにか目新しいことはあったかな」

「め、めあたら」

トリアイナ家自慢のアップルパイをひたすらに召し上がっていたフラン様が、手を止めてラファエル皇子のお顔をまじまじとご覧になります。

ラファエル皇子の問答。王宮にいると毎日がスケジュールに支配され、わずかに空いたお時間ですらラファエル皇子に会いたいという者の相手で埋まってしまいます。ラファエル皇子は基本的にそれを断ることはありません。皇族とは民のためにあるとの教えを忠実にお守りなのか、お忙しいリオネル皇太子を支えるためなのか、またはそれ以外の……。

まだまだ御子様とも呼ばれる年齢です。よほどのときにこうして外出なさる程度なのもまた、わたくしどもは心配なのでした。

「うぐ、ぅ……あ！　花束をつくりました！　お父様とかお兄様のことを思い出してつくると、とってもすてきな花束ができるんですよ」

「ふぅん……？」

「んぎ……ぎ……！」

わからない、という表情のラファエル皇子。あのように年相応に感情をお出しになるとは。対してフラン様は、困惑からのもどかしいお顔。うつむいて言葉にはしないものの、感情がありありとわかります。鼻の上のシワがすごい。

やはりフラン様につられているのかもしれません。帰ったら他の使用人たちにもお知らせしましょう。わたくしどももう少し感情を発露させたほうが良いかも、と。

「お、皇子もリオネル様につくってみたらいいです。お兄様はすごくよろこんでくれて、ギュッてしてありがとうってゆってくれました！」

「あ、兄上に、わたしが？」

「はい！」

なんという素晴らしい提案でしょうか！

日頃からたがいに遠慮気味のご兄弟ですから、プレゼントをなさるのはとても良い案でございます。いち早く侍従様が動き、ラファエル皇子に花束をお作りになるよう進言なさいました。それに追従する一同に押されるようにして、ラファエル皇子が花束作りに挑戦なさることに。

ティーを中断し花を摘むラファエル皇子と、そのとなりにしゃがみ、一生懸命に教えようとするフラン様。

「好きって気持ちをいれるみたいにするといいです」

「すっ……好き、か」

「あい！」

ラファエル皇子のご友人と呼ばれる方は何人かいらっしゃいますが、これほど親身に、そして飾らずにラファエル皇子と向き合うご友人はおりません。フラン様には権威などに左右されることなく、ラファエル皇子のご友人のままでいてほしいとわたくしどもは考えるのです。

「ではなフラン。また来る」

「はぃ」

ラファエル皇子がたいせつそうに花束をお持ちになり、馬車へ乗り込まれます。お作りになった花束は白い花が多く、清廉とした印象でした。兄君のリオネル皇太子のことをそう思っておられるのでしょう。

なるほど、気持ちが表現されているこの花束は素晴らしいものでございます。

お忙しい身であるリオネル皇太子と同様に、ラファエル皇子もお時間がなく、残念ながら渡されることはございませんでした。

しかしラファエル皇子の寝室に飾られた花束は、一日お疲れになられたラファエル皇子ご本人に笑みを浮かべさせることになるのでございました。

番外編

めざめる前の僕とおじい

Akuyaku no Goreisoku no Dounikashitai Nichijyo

お天気がいいから〝ていえん〟にでてみた僕、こうしゃくけさんなん3歳。

「はっふはっふ」

ぬくい。しばふがぬくい。

おくつもおきにいりのをはけて、あるいてもイタくないからはげしめにおどってみる。

げんかんからでてすぐだから、セブランおにいさまのところのメイドも僕をみつけてながめてる。

よし。僕のかっこいいダンスをめにやきつけるがいい！

「はっ、せ、はっせ！」

「ぼっちゃま、そのように踊りながら進んでは……」

「はっふ、ぺい！」

右足をトンッてしておしまい。われながらカッコよかった。メイドたちの何人かは拍手してくれたよ。うむ、いいぞ。

そんでまっすぐまえを見たらいい感じの道。

「キティ」

「はい、ぼっちゃま」

さいきんオツキになったメイドをよぶ。ささっと来てくれるから、僕もサッて足を前後にひらいた。

「みてて」

「はい」

「んはー！」

ぜんりょく！　ぜんりょくで走る！

こんなまっすぐの道は、走るためのものだ、まちがいない。

「ぼ、ぼっちゃま……！」

キティがあわててる声がする。でも止まらない。止められない！

と、足がなにかにつまずいた。

「ぶゅ」

ゴロゴロゴロン。

まえ回りでころがる僕。

「あばん……」

しばふのうえにしっかり寝た。おせなか、ぜんぶしばふ。

「大丈夫ですか、おケガは！」

「誰ぞポーションをっ」

「ころんだなぁ」

メイドたちは大きい声でわいわいしてるけど、ここから見るお空がきれい。あわあわしたキティが僕を起こそうかどうかまよってる。

んー……だっこしてくれたらいいなぁ。起きるのめんどいもの。

キティに腕をのばそうとしてたら、うしろにある〝カキネ〟のねもとでナニか見えた。

「ぬん?」

おくつだ。おとなのひとの大きさで、大きくてちょっとよごれたおくつ。

ぴょいとからだを起こすとキティが支えてくれる。でもイタいトコないからこのまま立てそうだよ。

「ぼっちゃま、お膝をお見せください。ポーションをおかけいたします」

「ん!」

やっぱりあのおくつ、きになる!

僕は立ち上がるとビャーッて走りだした。

「ぼっちゃま!」

「んはっはっはー!」

キティたちがおどろいてる。僕、走るのはやいもんね!

テテテテテッて走ってカキネの角を曲がる。

そこには大きいおとながいた。麦わら帽子かぶって、おズボンのところにハサミとかいろんなお道具をつけてるおとな。

「だあれ」

「……これは、フランぼっちゃま。ごきげんよう」

僕に気づいた大きいおとなは、お帽子をとってお胸のまえにおいた。そんで少しだけ頭をさげる。

……しょーにんかなあ？

それはそれとして。

「でっかいねー」

「さようですか」

おとなのまわりをくるくる回って全体像をしらべる。

大きい。おとうさまより大きいかもしれない。

「せぇくらべして！」

気をつけしてお背中をむける。おとなもお背中をくっつけたら、せぇくらべできるのだ。僕はそんなこともしっているんだぞぅ。

お背中をくっつけてくるのを待ってたのに、なぜかおとなが目のまえにきて、おなかに手を当ててきた。

「めんまっ」

「これで丁度《ちょうど》ですな」

ぐいーん、て持ち上げられる僕。

足はブランブランするけど、たしかにおとなのお顔と僕のお顔がおなじ高さだ。

「ツハァアアー！　ちょうど!!　これで！！！」

すごい！　おとなと僕、ちょうどいっしょ！

おとなはおじいちゃんのお年のおとなだね。でも力もちだ。感動してたらメイドたちも僕たちをみつけてかけよってきた。

「ピョートル、ぼっちゃまを降ろしなさい」

キティがなんかゆってるけど、それどころじゃないぞ。このおじいにしがみついて、いどうを始める僕。肩にのせてもらうんだ！

「んんぅ、んうーしょ。イテテ、よいしょ」

おじいの肩におなかでぶら下がって満足。さっき擦りむいたおひざがイタかったけど、ちゃんと肩までこれました。

「フランぼっちゃま、足を怪我《けが》されてるのですかな」

「ころんだの」

ゴロンてしたけど擦りむいただけだよ。こっちの足、っておじいにぶら下がったまま、おケガした足をゆらしたら、体がグイーンってしてた。

「んあ。んふふ」

気づいたら、僕、おじいの腕にのってた。

すごい。おとなは大きいからここをおイスにできるのか。それともおじいだからかな？

「そのまま動かずにいてくださいませ」

おじいの首に抱きついてつかまってると、キティがおひざにポーションをかけてくれた。

「んはぁ、なおった。ありがと」

すぐに赤いところがなくなって、いつものおひざになったよ。じんじんしてたのもなくなった。

ではおじいとつづきするぞ！

「おじい、おじいはなにしてるの」

「私は庭師、花や木の手入れをしております。たとえば、この木は新しい葉は赤く、古い葉は緑になるので、見ていて楽しくなるように枝を切るのです」

「ふぅん」

だからハサミもってたのかな。おしごと中だったのか……それはおジャマしたらダメだ。

「おりる」

おとうさまも、おしごとのときおジャマしたらダメ。ステファンおにいさまもセブランおにいさまも、おいそがしいときはおジャマしたらダメ。

僕はかしこいから、ちゃあんと言いつけをおぼえてるもんね。

ざんねんな気持ちはあるけど、おじいからおりよう。

おじいも僕のおなかに手を回して支えてくれ、

「んひゅあー!!」

グイングイーン、スタッ。

おじいのお手てで鳥みたいにぐるんぐるん空中を飛んだ僕はそのままそっとしばふのうえにおろされた。

「着、ですな」

「ちゃくした！」

しばふにスタッておりたの、〝ちゃく〟って感じだった！　あと鳥みたいに飛ぶのたのしかった！

「もっかいして、もっかいして！」

ビャン！　っておじいに飛びついたら、またぐるんぐるんってしてくれる。おふほーっ！

「んひゅはふははは—！」

スタッ。

「着」

「ちゃく！」

んふふふって笑うとおじいもニコッてしてくれる。

僕は頭がワーッてなって、おじいに何回もぐるんぐるんをお願いしちゃった。

「おじい、またねー！」

おなかがすいたので、おうちにもどることに。

僕はおじいにめいっぱい手を振ってお別れした。

また明日もおじいに会うぞー！

番外編

イブイブのお話

「んっぬっはー、んっぷっはー、ふふふーふふんっ」

ジングルベルの曲をお鼻でうたうごきげんな僕、公爵家三男7歳。応接室のふかふか絨毯《じゅうたん》のうえで木製の棒馬にまたがってぐるんぐるんにスキップしてます。

「ぼっちゃま、ご機嫌がよろしいですね」

「うん！」

もうすっかり冬で、新年まであとちょっと。

今日、起きてからベッドでふと日数をかぞえてみたんだ。右手の指を一日ずつおって、左の指も親指、人差し指ってしてすごいことに気づいた。

今年もあと、いっしゅうかん。

お気づきだろうか。あといっしゅうかんってことは、いっしゅうかんまえの今日は！

(クリスマス！)

アスカロン帝国にはクリスマスってない。サンタさんがいないからね！

でも冬は聖女をお祝いする伝統のケーキとか食べるんだよ。昨日もミンスパイっていうのが出たか

Akuyaku no Goreisoku no Dounikashitai Nichijo

ら、たぶん今日も出る。

新年いっしゅうかんまえという週にお祝いをするって、もうそれはクリスマスシーズンと言っていいのでは？

「ふふふーん、ふふふふん、はふはふふふ、へイッ」

またがってた馬をグイングインしながらスキップ再開！　帝国にジングルベルがないからお歌をうたうときは鼻歌になっちゃうけど、それでもクリスマスをふんいきで味わいたいのだ。

「聞いたことのない曲ですわ」

「ぼっちゃまがお作りになったのではないかしら」

「才能がおありなのですね！」

メイドたちがなんかコソコソしてるけど、止めてこないからいいでしょう。お部屋を一周しちゃお！

「ふっはっふー、ふっふっふー、ふはふふー……」

ジングルベルしながらちょうど暖炉のまえに来たとき、ハッとした。お手てからすべり落ちる愛馬。

「………」

トサリ。

僕も絨毯のうえに倒れて、暖炉でゆらゆらしてる空気を眺めるしかできなくなった。

「ぼっちゃま！　どうなさいました!?」

キティたちが駆けつけてクッタリした僕を抱き上げてくれる。

「……キティ」

「はい、ぼっちゃま！」

「よい子のとこにしか来ない存在って、おおいね……」

しょぎょーむじょう。意味は知らない。

でも少なくとも、皇帝のおイスを爆破するのはよい子じゃない。

「は、はっ……、？」

ぐんにゃりした僕を抱きしめたまま固まったキティは、何回か呼吸したあと、ほかのメイドたちにすぐにおやつを用意するように指示を出しはじめたのだった。


ランチもおわってお昼寝もして、お部屋の晴れた窓辺で絵本を読む。ランチのまえにおやつをちょっとだけ食べさせてもらって、髪をとかしてもらったり、お洋服のおリボンを替えてもらったりして、立ちなおった僕です。

うむ。冬でも窓辺はあったかいなぁ。ヒカリゴケのイエミツもお日様にあたってツヤツヤ。

「フラン様」

「んあ、シェフ。どしたの」

へんなお時間にやってきたシェフ。おやつの時間にはまだ早い気がするよ。

お膝に絵本をのっけて、ページは開いたままだけどシェフの挙動を見守る。

ガラガラガラッてワゴンを引いてきて、メイドたちもちっちゃめのテーブルを僕のおそばに運んできた。

紅茶がカップにそそがれていい香り。

ワゴンのうえの丸い銀のフタ《クローシュ》は開けてもらえてないのに、シェフもメイドも整列してピンとしてる。

ニコニコしてるけど、なにされてるかわからなすぎて、僕はそうっと絵本をとじた。

(この感じ、なんかに似てる)

僕のなかの名探偵がピピンと反応した。そうだ、お風邪ひいたときににがいお薬をのませる直前みたいな空気に似てる!

「ぼっちゃま」

「ペイっ」

にがい味思い出してたから、シェフが言ってきてちょっとビクッとしちゃう。

「少々早いですが、おやつのお時間でございます」

「ぬん?」

おやつ? ほんと?

ほんのすこし疑って上目づかいで見ると、シェフは笑顔のままクローシュを開けて見せてくれた。

「んふぁ!?」

クローシュがとられたお皿の上には、いろんな形のちっちゃいアップルパイがごっそり入ってた!

三角とか四角とか、丸い形じゃないのもあるし、お星様の形のもある! そんなさくさくアップルパイがこぼれ落ちるくらい積み重なってる。

「アップルパイの詰め合わせでございます」

「んあー！　なにそれ！　夢っ、夢いっぱいのやつだぁー！」

思わずガタッて立ち上がって、持ってた絵本をぎゅうって抱きしめちゃう。すごい。こんな、こんな……まぼろしかもしれない！

お鼻いっぱいに突き抜けるリンゴとバターの香り。それからホカホカした感じが伝わってきて、僕はもう動けなくなっちゃった。

「ぼっちゃま」

「ぁい！」

キティとシェフが一歩まえに出る。

「今年一年、お野菜やお肉を頑張って召し上がられましたね」

「私どものことも考えてくださり、様々なことを耐えていらしたのもこのキティ、しかと見ておりました」

「シェフ、キティ……？」

控えてたメイドが僕をそっとエスコートしておイスにすわらせてくれる。目のまえにはごっそりアップルパイ。

「ぼっちゃま。一年良い子でいらしたぼっちゃまのための特別なおやつでございます」

「本日ばかりはお夕食のことは気になさらず、好きなだけお召し上がりくださいませ」

「「　お召し上がりくださいませ　」」

「ばっ……ばぁあああーありがとおー！！！」

よい子って言ってもらえた！

僕はお鼻のなかがツンとするのを感じてるけど、お手ては勝手にフォークとナイフを握る。

アップルパイが好き！　それとおんなじぐらいみんなのことも大好きだ！

「いただきます！」

僕はしあわせな気持ちで、ツヤツヤでピカピカでいい香りのするアップルパイにサクッとフォークを刺したのだった。

あとがき

「悪役のご令息のどうにかしたい日常」３巻をお手にとっていただきありがとうございます。

初めての書き下ろしのお話なので楽しんでいただけるかなと不安になりつつ、ＷＥＢでは書かなかった数年間のうちの、フランが７歳の春のお話を書くことにしました。

双子はずっと書きたかった子たちでした。ゲームではシーフ（盗賊）として勇者のまえに登場するキャラクターです。しかしフランとトレーズくんに会ってからの双子は、いろいろあって遠くの共和国である人のお手伝いをしてよい子に生活しているようです。いつかまたフランと会うこともあるかと思うので、そのときは仲良く一緒にパンを食べられたらいいなと思います。

３巻の決定は夢のようなできごとでした。読んでくださる皆様がいてこその書籍化ですので感謝の気持ちでいっぱいです！　ありがとうございます！

挿絵を描いてくださったコウキ。様のトリアイナ家や初登場の双子も、理想を超えた可愛くてかっこいい姿で、ほんとうに感動しきりです！　ありがとうございました！

そしてコミカライズ担当ふわいにむ様も！　動いて踊る可愛いフランを描いてくださって、ありがとうございます！

これからも頑張りますのでよろしくお願いいたします！

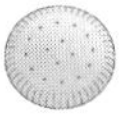

悪《あく》役《やく》のご令《れい》息《そく》のどうにかしたい日《にち》常《じょう》3

初出……「悪役のご令息のどうにかしたい日常」
小説投稿サイト「ムーンライトノベルズ」で掲載

2023年1月5日　初版発行

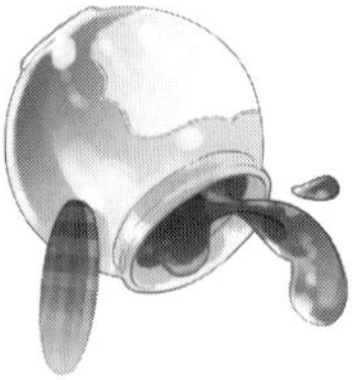

【　著　者　】 馬《うま》のこえが聞《き》こえる

【イラスト】 コウキ。

【発行者】 野内雅宏

【発行所】 株式会社一迅社
〒160-0022
東京都新宿区新宿3-1-13　京王新宿追分ビル5F
電話　03-5312-7432（編集）
電話　03-5312-6150（販売）

発売元：株式会社講談社（講談社・一迅社）

【印刷所・製本】 大日本印刷株式会社

【　D　T　P　】 株式会社三協美術

【　装　幀　】 AFTERGLOW

ISBN978-4-7580-9518-1

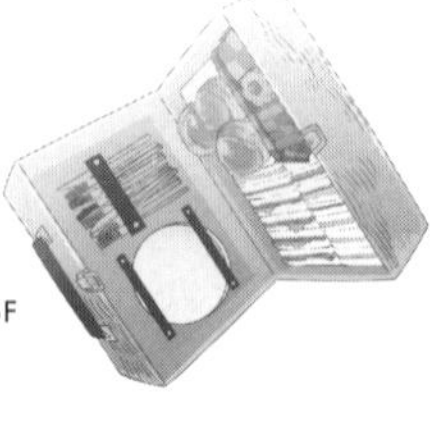

おたよりの宛先
〒160-0022
東京都新宿区新宿3-1-13　京王新宿追分ビル5F
株式会社一迅社　ノベル編集部
馬のこえが聞こえる先生・コウキ。先生